Raimund Eich

NORA HORST
Im Schatten der Geisterbrücke

AF222528

Raimund Eich lebt im Saarland.

Neben Büchern über seine Heimatstadt Neunkirchen, Tatsachenromanen, heiteren und besinnlichen Gedichten und Geschichten hat er einige Werke mit gesellschaftlichen und geisteswissenschaftlichen Themen veröffentlicht. Gerne lässt er auch naturwissenschaftliche und technische Aspekte in sehr anschaulicher Form mit einfließen. Daraus resultieren einzigartige Bücher, spannend, dramatisch, informativ und unterhaltsam zugleich, was insbesondere seine NORA HORST-Krimis kennzeichnet.

Raimund Eich

NORA HORST

Im Schatten der Geisterbrücke

ein Cold Case-Krimi

Band 3

Impressum:

Bibliografische Information der Deutschen Nationalbibliothek:
Die Deutsche Nationalbibliothek verzeichnet diese
Publikation in der Deutschen Nationalbibliografie;
detaillierte bibliografische Daten sind im Internet über
http://dnb.dnb.de abrufbar.

© 2024 Raimund Eich

Herstellung und Verlag: BoD – Books on Demand,
Norderstedt
ISBN: 9783759749703

Inhaltsverzeichnis

Die wichtigsten Personen in dieser Geschichte

Nora Horst, Oberkommissarin aus Neunkirchen, beschäftigt beim Landeskriminalamt des Saarlandes im Dezernat LPP 299

Björn Horst, ihr verstorbener Ehemann

Andrea und Holger, ihre Schwägerin und Björns Neffe

Sven Beckmann, Kriminalrat, Leiter des Dezernats LPP 299 beim LKA Saarbrücken

Gerhard Winter, Geschäftsführer der Firma Winter-Bau GmbH

Robert Winter, sein jüngerer Bruder und dessen **Ehefrau Samantha**

Prof. Dr. Ing. W. Pfeifer, ehemaliger Dozent an der Hochschule für Wirtschaft und Technik

Vorwort

Bei einem fiktiven Kriminalroman mit regionalem Bezug orientiert man sich als Autor zwar weitgehend an der Realität, nimmt sich aber auch die Freiheit, Orte und Namen so zu wählen, dass sie sich nahtlos in die Rahmenhandlung einfügen, ohne Namens- und Persönlichkeitsrechte Dritter zu verletzen. Dies gilt auch für diesen Kriminalroman, bei dem die Namen frei erfunden sind und somit Ähnlichkeiten mit noch lebenden oder toten Personen rein zufällig und unbeabsichtigt wären.

Auch die kleine Einheit LPP 299 - Sonderermittlungen des Landespolizeipräsidiums des Saarlandes und des Landeskriminalamtes (LKA) ist meiner Fantasie entsprungen, ebenso wie die Oberkommissarin Nora Horst aus Neunkirchen als zentrale Figur in diesem Roman.

Der Neunkircher Oberkommissarin wurde nach einem schweren Autounfall, bei dem ihr Mann Björn ums Leben kam, aufgrund unfallbedingter körperlicher Einschränkungen eine neue Aufgabe in einer kleinen Einheit zur Ermittlung in Cold Case Fällen zugewiesen. Dieser Tätigkeit kann sie von ihrer Heimatstadt Neunkirchen aus nachgehen.

Nachdem sie in Band 1 das mysteriöse Verschwinden von fünf Neunkircher Bürgern in den

Neunziger Jahren aufklären konnte, gelang es ihr in Band 2, den Tod einer im Boden verscharrten Frauenleiche in Wiebelskirchen aufzuklären.

Auch im vorliegenden Band 3 muss sich Nora Horst mit einem nicht minder komplexen und mysteriösen Cold Case Fall auseinandersetzen.

Ich wünsche Ihnen dazu eine spannende Lektüre.

Raimund Eich

Namenstag

„Guten Morgen, Frau Horst, und herzlichen Glückwunsch zu Ihrem Namenstag", begrüßte mich Sven Beckmann, mein Chef beim LKA am frühen Morgen am Telefon. „Wussten Sie eigentlich, dass es für Ihren Vornamen verschiedene Deutungen gibt? Nora ist eine Kurzform für die Namen Eleonora, Eleonore oder Norberta und steht sowohl für *die Fremde* als auch für *die Lichtbringerin*. Na, was glauben Sie, welche Version ich bevorzuge?"

„Keine Ahnung, aber Sie werden mich ja wohl kaum im Dunkeln damit tappen lassen."

„Eine bessere Antwort hätte ich mir kaum wünschen können. Da Sie mir zum Glück nicht fremd sind, bringe ich Ihren Namen eindeutig mit einer Lichtbringerin in Verbindung, denn Sie sind förmlich dazu auserkoren, Licht ins Dunkle zu bringen."

„Zu viel der Ehre, lieber Herr Beckmann, aber wie ich Sie kenne, steckt doch hinter Ihrem Gesülze ganz bestimmt wieder eine böse Absicht, oder?"

Ein schallendes Lachen am anderen Ende der Leitung. „Oh Mann, Sie haben wirklich einen hammerharten Humor. Also gut, ich fasse mich dann einfach mal kurz. Ich habe einen neuen Fall für Sie, Frau Horst."

„Und ich hatte schon auf Blumen gehofft. Etwas Schöneres hätten Sie sich zu meinem Ehrentag aber schon einfallen lassen können", konterte ich trocken.

„Zugegeben, aber so wie Sie mit Ihrem Chef umgehen, haben Sie auch nichts anderes verdient", kam prompt die Retourkutsche.

„Womit es mal wieder Unentschieden zwischen uns beiden stehen dürfte, oder?"

„Richtig, und dabei sollten wir es auch vorerst belassen."

„Na schön. Was haben Sie mir denn diesmal anzubieten?"

„Das würde am Telefon zu weit führen. Ich muss morgen Nachmittag dienstlich zu den Kollegen von der Polizeiinspektion St. Wendel und könnte vielleicht vorher für 'ne halbe Stunde bei Ihnen vorbeikommen und die Akte zum Fall gleich mitbringen. Ließe sich das bei Ihnen einrichten?"

„Wann müssen Sie denn in St. Wendel sein?", erwiderte ich.

„Um 15 Uhr habe ich dort eine Besprechung, Frau Horst."

„Mmh, Sie brauchen bis dorthin knapp eine halbe Stunde von hier aus und mindestens noch eine Stunde bei mir, um bei Kaffee und Kuchen im Garten in aller Ruhe über den Fall zu sprechen. Kommen Sie doch einfach gegen dreizehn Uhr hier vorbei. Sie wissen ja, wo ich wohne."

„Prima, da sage ich natürlich nicht nein. Was gibt es denn für einen Kuchen?"

„Keine Ahnung. Was mögen Sie denn für welchen?"

„Ich? Eigentlich jeden, aber machen Sie sich bloß keine Mühe deswegen. Eine Tasse Kaffee genügt vollkommen. Was macht eigentlich der Fall Lohmeyer? Sind Sie da schon weitergekommen?"

„Nein, um ehrlich zu sein. Die Befragung der Angehörigen gestaltet sich schwierig. Irgendwas haben die offenbar zu verbergen, wenn Sie mich fragen. Aber ich bleibe natürlich dran."

„Na schön, Frau Horst. Ich muss jetzt leider Schluss machen, denn Ihre beiden Kollegen stehen gleich bei mir auf der Matte. Ich will ja nicht jammern, aber die Zwei…", er stockte für einen kurzen Moment und fuhr dann fort, „lassen wir das. Ich bin jedenfalls sehr froh, wenigstens mit Ihnen so einen guten Fang gemacht zu haben."

Ich musste lachen. „Einen guten Fang, sagen Sie. Na ja, aber dann sollten Sie mich aber wenigstens an der langen Leine lassen."

„Ehrensache, Frau Horst, wir sehen uns morgen Nachmittag", erwiderte er und legte auf.

Neuer Auftrag

Am nächsten Tag klingelte es kurz nach ein Uhr nachmittags an der Haustür. Mein Chef stand vor der Tür mit einem kleinen Blumenstrauß in der rechten Hand. Ein schmaler Ordner klemmte unter seinem linken Arm. „Nachträglich noch einmal herzlichen Glückwunsch zum gestrigen Namenstag", sagte er und drückte mir die Blumen in die Hand.

„Vielen Dank, aber das wäre wirklich nicht nötig gewesen", erwiderte ich. „Wir feiern hier in der Gegend eigentlich keinen Namenstag, und wenn Sie es mir gestern nicht verraten hätten, hätte ich es überhaupt nicht mitbekommen."

Er nickte. „Ja, ich weiß. Heute wird der Namenstag kaum noch gefeiert, aber meine Vorfahren stammen aus der Region um den Chiemsee. Dort wurden die Namenstage früher sogar groß gefeiert. Als es meine Großeltern aus beruflichen Gründen nach Hessen verschlagen hat, haben sie diesen alten Bruch auch dort weitergeführt. Und deshalb komme ich selbst auch nicht richtig weg von dieser Tradition."

„Dann müsste ich mich also nicht nur bei Ihnen, sondern auch bei Ihren Großeltern für die schönen Blumen bedanken, Herr Beckmann. Leben die eigentlich noch?"

Er schüttelte den Kopf. „Schon ziemlich lange nicht mehr. Meine Eltern haben in Sannerz mit mir und den Großeltern mütterlicherseits in einem großen Haus mit drei Generationen unter einem Dach gelebt. Eine wunderschöne Zeit, besonders für mich als Kind und Jugendlicher." Für ein paar Sekunden schien er bei diesen Worten gedanklich in die Vergangenheit abzutauchen.

„Gehen wir doch in den Garten bei diesem schönen Wetter. Ich habe auf der Terrasse für uns beide gedeckt", versuchte ich ihn wieder in die Realität zurückzuholen.

Als wir die Terrasse betraten, kam uns Agathe laut schnatternd und Flügel schlagend entgegengerannt, während sich die drei Katzen in der Sonne räkelten. „Oha", entfuhr es meinem Chef, als Agathe sich vor ihm aufbaute und ihm am Hosenbein zupfte, „mir scheint, sie mag mich nicht besonders, oder?"

Ich musste lachen. „Im Gegenteil, das ist sogar ein gutes Zeichen. Agathe ist fast noch besser als ein Wachhund. Ihr entgeht buchstäblich nichts. Entsprechend neugierig ist sie halt Fremden gegenüber. Wenn sie Ihnen jetzt in die Schuhe gepickt hätte, müsste ich mir ernsthaft Sorgen um Sie machen, aber wenn Agathe jemand am Bein zupft, ist das etwa so zu verstehen, wie wenn ein Hund zur Begrüßung Pfötchen gibt."

„Ach so, na dann. Kann man sie eigentlich auch streicheln?"

„Nur, wenn Sie Agathe vorher mit einem Leckerli bestochen haben. Warten Sie, ich gebe Ihnen ein Stück Banane, die mag sie besonders gerne", erwiderte ich und drückte ihm eine halbe Banane in die Hand. „Die Schale müssen Sie aber vorher abmachen und die Banane in zwei bis drei kleine Stücke teilen."

Er grinste. „Und ich dachte, Bananen wäre nur etwas für Affen." Etwas umständlich begann er sie zu schälen und zu teilen, was Agathe natürlich nicht schnell genug ging. Laut schnatternd beschwerte sie sich darüber. Im Nu hatte sie die Banane verschlungen und zupfte ihn erneut am Bein.

„Nein, Agathe, jetzt ist es genug. Du hast gerade eben erst Futter bekommen und solltest jetzt lieber mal ´ne Runde im Teich schwimmen."

Als hätte sie es verstanden, watschelte sie prompt in Richtung Schwimmteich, nicht ohne ihren Unmut dabei leise meckernd kund zu tun. Bei Kaffee und Kuchen sahen wir ihr eine Weile zu, bis er mit einem Blick auf seine Armbanduhr auf den neuen Fall zu sprechen kam.

„Vorgestern hat mich ein Anruf von einem Herrn Winter erreicht, der mir mitgeteilt hat, dass er vor ein paar Tagen seinen seit acht Jahren vermissten Bruder zufällig in der Saarbrücker Altstadt entdeckt hat. Doch ich erzähle Ihnen am besten die Geschichte von Anfang an, jedenfalls, soweit ich sie am Telefon verstanden habe. Herr Winter betreibt in Ottweiler eine kleine Baufirma, in der auch sein jüngerer Bruder gearbeitet hat, bis der vor etwa acht Jahren zusammen mit seiner Frau spurlos verschwunden ist. Die polizeilichen Ermittlungen in diesem ungewöhnlichen Vermisstenfall hatten damals leider nichts Verwertbares ergeben und sind deshalb nach ein paar Monaten eingestellt worden. Ich möchte Sie daher bitten, sich der Sache mal anzunehmen und die dortige Ermittlungsakte anzufordern. Vielleicht können Sie sich ja auch mit den damals zuständigen Kollegen über den Fall unterhalten. Schauen Sie sich den Vorgang mal an und geben mir dann bitte Bescheid, wie wir nach Ihrer Ansicht am besten weiter vorgehen sollten. Mich müssen sie jetzt leider entschuldigen, denn ich möchte die Kollegen in St. Wendel ungern auf mich warten lassen."

Aktenfrust

Am nächsten Vormittag erfuhr ich von den Kollegen in der Falkenstraße, dass der damals ermittelnde Beamte schon seit ein paar Jahren pensioniert und zwischenzeitlich auch verstorben sei. Auch ansonsten sei aufgrund einiger organisatorischer und personeller Veränderungen leider niemand mehr da, um mir im Vermisstenfall Winter Auskunft geben zu können. So musste ich mich notgedrungen nur mit der Ermittlungsakte aus dem Archiv zufrieden geben, mit der ich mich vom Polizeirevier in der Falkenstraße auf den Heimweg machte. Ich hatte bewusst einen kleinen Umweg durch den Stadtpark gewählt, weil ich mir den Baufortschritt an der neuen Kita mal etwas näher anschauen wollte. Zudem galt es, nach und nach wieder mehr Kondition aufzubauen, was mir nach dem schrecklichen Autounfall, verbunden mit Björns tragischem Tod und meinen schweren Verletzungen, über lange Zeit überhaupt nicht möglich war. Ich benutzte zwar immer noch den Gehstock, aber ich spürte jeden Tag mehr, wie die Kraft im rechten Bein zurückkehrte. Lange würde ich ihn wohl nicht mehr zu benutzen brauchen. Aber jetzt würde ich mir erst mal eine kleine Auszeit auf einer Parkbank gönnen. Mein Blick fiel auf die große Wiese, die zu meiner Zeit noch für uns Kinder und Jugendliche vollflächig in saftigem Grün erstrahlte und von niemand betreten werden durfte. Heute war sie dagegen als arg strapazierte Spielfläche zertrampelt. In Teilen „zierte" sie nur noch sandiger Untergrund. Auch die ehemalige Liebesbank, wie wir sie nannten, war längst verschwunden. Mit Robert, meiner ersten Jugendliebe, hatte ich sie gegen Abend, wenn es im Stadtpark allmählich ruhiger wurde, desöfteren klammheimlich aufgesucht. Doch die Ermittlungsakte in meiner Tasche vertrieb rasch meine nostalgischen Erinnerungen. Ich wollte die Unterlagen hier wenigstens kurz überfliegen, um sie dann zu Hause ausgiebig zu studieren. Doch alleine die kurze Akteneinsicht ließ nur den Schluss zu, dass hier vermutlich ein eher lustloser Kollege am Werk war, der wenig von einer ordnungsgemäßen Aktenführung hielt. Während die damalige Vermisstenanzeige noch relativ umfangreiche Informationen enthielt, wurde die Akte im Verlauf der Ermittlungen nur noch durch meist stichwortartige Angaben ergänzt, die uns im vorliegenden Fall kaum weiterhelfen konnten. Trotzdem würde ich mir die Unterlagen zu Hause noch einmal in aller Ruhe anschauen. *Was soll´s, dafür wirst du ja schließlich bezahlt, Nora*, sagte ich mir und verließ den Stadtpark in Richtung Ringstraße, vorbei an der Fachoberschule, an der ich damals meinen Fachhochschulabschluss gemacht hatte, nachdem ich zwei Jahre zuvor wegen schlechter Noten das Gymnasium Am Steinwald freiwillig verlassen hatte. Durch die obere Parallelstraße, vorbei an der beeindruckenden Häuserzeile mit einigen Häusern in Jugendstil-Architektur, ging ich langsam wieder in Richtung Heizengasse zurück. Wehmut überkam mich beim Anblick meines ehemaligen Elternhauses an der Einmündung zur Quellenstraße, einer kurzen und nur wenig befahrenen Verbindung zwischen Parallelstraße und Willi-Graf-Straße. Wir Kinder nutzten sie früher gerne als Spielstraße für Federball- oder Völkerballspiele, während unter der kleinen Ahornbaumallee gerne mit Murmeln gespielt wurde. Im Spätherbst scharrten wir manchmal die vielen Ahornblätter, die unter den Bäumen lagen, zu einem großen Blätterberg zusammen, in den wir dann mit Anlauf hineinsprangen und begeistert aufschrieen, wenn wir darin weich landeten und die Blätter uns für kurze Zeit unter sich begruben. Eine unbeschwerte Kinder- und Jugendzeit damals. Doch dieses unbeschwerte Leben, das für mich im Alter von etwa drei Jahren begann, als mich meine späteren Adoptiveltern aus dem St. Vincenz Waisenhaus bei sich aufnahmen, währte leider nicht allzu lange. Mit Anfang Zwanzig war ich jedenfalls wieder Vollwaise, nachdem meine Eltern schon relativ früh im Abstand von nur knapp fünf Jahren verstarben und ich alleine in einem viel zu großen Haus für einige Zeit ein einsames Dasein fristete, bis ich Björn kennenlernte, der nur ein paar Hundert Meter weiter in seinem Elternhaus in der Heizengasse wohnte. Schon bald darauf beschlossen wir zu heiraten. Ich zog zu ihm in die Heizengasse und verkaufte das Haus in der Parallelstraße. Die lange verdrängten nostalgischen Erinnerungen waren plötzlich wieder da, als ich mich kurz auf die kleine Mauer neben dem Haus setzte, um ein bisschen zu verschnaufen. Wie es wohl heute im Haus und dem dahinter liegenden Garten aussah? Nur kurz war die Versuchung, das Anwesen nach all den Jahren wieder mal zu betreten, doch dann schüttelte ich den Kopf. *Vorbei ist vorbei, Nora*, murmelte ich, gab mir einen Ruck und ging weiter. Laut schnatternd empfing mich ein paar Minuten später Agathe am Gartentor in der Heizengasse, wo auch die Hühner und die drei Stubentiger schon sehnsüchtig auf ihre Fütterung warteten.

Gegen Abend setzte ich mich noch einmal mit der Akte auf die Terrasse, um mir wenigstens ein paar verwertbare Notizen zu machen. Doch irgendwann fiel mir die Akte aus den Händen, weil mich der Schlaf übermannt hatte. „So Kinder, ab ins Haus, es ist höchste Zeit zum Schlafen gehen", rief ich und klatschte dreimal in die Hände, ein Signal, das die Tiere nur zu gut verstanden. Kurz darauf kamen Nicky, Rocky und Henry auch schon angetrottet, während Agathe wieder mal eine Extraeinladung brauchte wegen der obligatorischen Ehrenrunde auf ihrem geliebten Gänsesee, wie ihn Holger getauft hatte.

Behördenfrust

Am nächsten Vormittag rief ich im LKA an und berichtete meinem Chef von dem dürftigen Ergebnis meines Aktenstudiums.

„Zu ärgerlich, aber das wundert mich kein bisschen", schnaufte Beckmann am anderen Ende der Leitung. „Das war vermutlich genau so ein engagierter Kollege wie die zwei Sorgenkinder unter meiner Obhut", womit er meine Kollegen Schumann und Lesmeister meinte, ohne deren Namen auszusprechen. „Also, wo fangen wir am besten an? Was schlagen Sie vor, Frau Horst?"

„Na ja, fast wieder bei Null, würde ich sagen. Am besten wäre es, den Bruder des Vermissten noch einmal ausführlich zu befragen."

„Ganz meiner Meinung, so gehen wir ´s an, Nora", erwiderte er.

Es war das erste Mal, dass er mich nur bei meinem Vornamen nannte. Ich hatte auch nichts dagegen, weil wir beide sehr ähnlich ticken und er mir gegenüber auch nie den Vorgesetzten herauskehrte.

„Haben Sie die aktuelle Telefonnummer von ihm? Ich meine, wo er sich doch bei Ihnen gemeldet hatte, was mich eigentlich verwundert. Ich würde mich dann mit ihm in Verbindung setzen und einen Termin mit ihm ausmachen."

„Lassen Sie mal, das mache ich schon selbst, denn der Mann war merklich verschnupft, nachdem er sich offenbar durchs halbe Präsidium fragen musste und ihm wohl jeder erklärt hat, dass er für diesen Fall nicht zuständig sei."

Ich konnte mir ein Lachen nicht verkneifen. „Das kommt mir weiß Gott nicht unbekannt vor, und ich bin sehr froh, dass ich dem Behördenwahnsinn in Saarbrücken zumindest nicht mehr unmittelbar ausgesetzt bin wie bei meiner früheren Tätigkeit", erwiderte ich.

„Ja, darum beneide ich Sie auch offen gestanden. Deshalb nütze ich auch gerne jede Gelegenheit, mich außerhalb des notwendigen Organisations- und Verwaltungskrams mit konkreten Fällen vor Ort zu befassen. Ich werde Herrn Winter anrufen und mit ihm einen Termin gegen Ende der Woche ausmachen. Ich denke, am Freitagnachmittag müsste das auch für einen Bauunternehmer möglich sein. Ich peile mal dreizehn Uhr an. Falls das nicht funktionieren sollte, gebe ich Ihnen noch einmal Bescheid. Ich kann Sie diesmal leider nicht in Neunkirchen abholen, weil ich vorher noch eine Besprechung habe und von Ottweiler aus dann gleich zu meinen Eltern nach Hessen fahren möchte. Die Adresse von Herrn Winter finden Sie in der Akte. Auch an der Telefonnummer hat sich zwischenzeitlich nichts geändert. Kennen Sie sich eigentlich in Ottweiler aus? Es soll dort ganz schön sein, habe ich gehört."

„Oh ja, Ottweiler gehört mit zu den schönsten Kleinstädten deutschlandweit. Am besten nehmen Sie sich im Anschluss noch eine Stunde Zeit, dann machen wir einen kleinen Stadtrundgang. Ich war dort früher nämlich öfter bei meiner Oma zu Besuch und kenne mich relativ gut aus. Nutzen Sie daher die günstige Gelegenheit. Einen besseren Stadtführer wie mich werden Sie jedenfalls kaum finden."

„Das klingt ja sehr viel versprechend. Auf eine zusätzliche Stunde für einen Stadtbummel kommt es mir wirklich nicht an. Nach Sannerz brauche ich weniger als drei Stunden. Also dann bis Freitagmittag. Ich freue mich schon darauf", erwiderte er und legte auf.

Winter in Ottweiler

Die kleine Bauunternehmung am Ortseingang von Ottweiler war leicht zu finden. Als ich ein paar Minuten vor der verabredeten Zeit dort eintraf, stand Sven Beckmann schon mit einem Mann in Arbeitskleidung vor einem schon deutlich in die Jahre gekommenen älteren Kleintransporter auf dem Hof.

„Hallo Frau Horst, schön, dass Sie es so pünktlich geschafft haben", begrüßte mich mein Chef. „Darf ich Ihnen Herrn Winter, den Chef der Firma Winter-Bau vorstellen."

Der begrüßte mich mit einem kräftigen Händedruck und wehrte lächelnd ab. „Firmenchef? Das klingt bei dem kleinen Laden hier wirklich zu abgehoben", erwiderte er. „Wir sind nur ein kleiner Betrieb mit insgesamt sieben Beschäftigten, meine Frau und mich eingeschlossen. Hier gibt es auch keinen tollen Chefsessel in einem pikfeinen Büro, denn der Chef arbeitet natürlich mit und macht sich wie alle anderen am Bau die Hände schmutzig. Aber wir gehen am besten mal rein in die gute Stube", sagte er und winkte uns, ihm zu folgen. Die Räumlichkeiten versprühten den Charme der späten Fünfziger Jahre. Seitdem war offenbar kaum etwas verändert worden. Herr Winter schien meine skeptischen Blicke zu bemerken und kommentierte sie mit sarkastischem Unterton. „Ich merke schon, Frau Horst, dass sich Ihre Begeisterung über unser Firmendomizil in Grenzen hält, aber wir müssen uns jede Mark oder vielmehr jeden Euro sauer verdienen. So bleibt leider kaum etwas für unsere Räumlichkeiten übrig. Aber vielleicht gefällt Ihnen das hier ja etwas besser", sagte er und öffnete die Tür zu einem Besprechungszimmer, das einen völlig anderen Eindruck machte. Es war durchaus repräsentativ mit einem stilvollem Schreibtisch, einem großen Besprechungstisch und mit ansprechenden Büromöbeln und sogar mit einer kleinen Getränkebar ausgestattet. Eine raumhohe Glasfront an der Längsseite des Raums gab den Blick auf eine große Terrasse und eine wunderschöne Gartenanlage mit Bachlauf und Schwimmteich frei, die am hinteren Ende von einer Jugendstilvilla mit turmartigem Erker begrenzt wurde. Der Kontrast zu den anderen Räumlichkeiten konnte kaum größer sein. Erst jetzt bemerkte ich, wie mich Herr Winter genüsslich musterte, als ich meine Blicke kopfnickend schweifen ließ. „Na, was sagen Sie nun, Frau Horst?", fragte er schmunzelnd und ergänzte, ohne eine Antwort von mir abzuwarten: „Ich benutze den Raum allerdings nur, wenn es um wirklich wichtige und größere Geschäftsabschlüsse geht. Man muss solchen Kunden halt ein stilvolles, elegantes und Seriosität vermittelndes Ambiente bieten, um ihnen die notwendige Unterschrift unter einen lukrativen Auftrag ein bisschen zu erleichtern. Ich führe diese Klientel natürlich nicht wie Sie beide durch den ganzen Altbau, sondern empfange sie gleich an der Seitentür hier, die direkt zum Kundenparkplatz führt. Aber im Tagesgeschäft, wenn man mit schmutziger Arbeitskleidung den täglichen Bürokram erledigen und Telefonate führen muss, dann ist man weitaus besser im Altbau aufgehoben. Wollen wir uns draußen hinsetzen bei dem schönen Wetter", fragte er und ging in Richtung Glasfront, wobei sich eine Glastür zur Terrasse hin automatisch öffnete.

„Sehr gerne, Herr Winter", erwiderte mein Chef und ließ mir den Vortritt.

„Kaffee, Tee, ein Wasser oder etwas Alkoholisches?", fragte unser Gastgeber.

„Für mich bitte einen Kaffee, wenn es keine Umstände macht", erwiderte ich und Sven Beckmann schob nach: „Ein Mineralwasser könnte ich bei der Hitze tatsächlich gut vertragen."

„Kommt sofort", erwiderte Winter, ging zurück an die Bar und kam kurz darauf mit den Getränken auf die Terrasse zurück. „Also, wie kann ich Ihnen beiden denn helfen, meinen Bruder und meine Schwägerin wieder zu finden?"

„Am besten wäre es, wenn Sie uns den ganzen Vorfall noch einmal ausführlich schildern würden. Es gibt zwar im LKA eine Ermittlungsakte, aber die gibt für uns nicht allzu viel her, zumal wir die damaligen Ermittler leider nicht mehr selbst befragen können."

„Mmh, wo fange ich da bloß an, wenn nicht bei Adam und Eva?", erwiderte Winter und kratzte sich am Kinn dabei. „Also, mein Vater, eigentlich müsste ich ja unser Vater sagen, hat die Firma hier in den Fünfziger Jahren gegründet und mit unserer Mutter zusammen geführt, die sich zudem auch noch um den Haushalt, um die Erziehung von uns beiden und um den Bürokram gekümmert hat. Zum Glück war der im Gegensatz zu heute wenigstens noch überschaubar. Heutzutage brauchst du dazu fast schon ein Diplom als Kaufmann oder eins als Steuerberater. Sei´s drum! Also, mein Bruder Robert ist rund drei Jahre jünger als ich. Er und seine Frau Samantha sind die beiden Vermissten, um die es geht", schob er nach. „Und den Robert habe ich vor ein paar Wochen per Zufall wieder getroffen. Nach acht Jahren, das müssen Sie sich mal vorstellen. Um ehrlich zu sein, ich dachte bis dahin eigentlich, dass er irgendwo verschollen oder vielleicht sogar schon tot wäre. Ich habe …"

„Stopp, Herr Winter", unterbrach ich ihn, „es wäre zunächst einmal wichtig für uns zu erfahren, wie der berufliche und private Werdegang von Ihrem Bruder war. Vielleicht ergeben sich ja auch daraus Ansatzpunkte für unsere Ermittlungen."

Er nickte. „Verstehe ich. Dann muss ich doch etwas weiter ausholen. Obwohl wir Brüder sind, waren wir beide von Kind an grundverschieden. Während ich ein richtiger Lausbub, aber ein schlechter Schüler und in meiner Jugendzeit auch ein Draufgänger war, um ehrlich zu sein, verkörperte Robert das glatte Gegenteil. Ein braves Kind und Musterschüler und später ein richtiger Stubenhocker. Wir waren beide hier in Ottweiler auf dem Gymnasium, aber ich habe es nicht bis zum Abitur geschafft und nach der zehnten Klasse die Schule mit einer halb geschenkten Mittleren Reife verlassen. Danach habe ich bei unserem Vater im Betrieb eine Ausbildung zum Maurer absolviert, während Robert sein Abi als einer der besten mit Glanz und Gloria geschafft hat. Im Gegensatz zu mir lag ihm aber das Handwerkliche nicht so, und deshalb hat er danach an der HTW in Saarbrücken Bauingenieurwesen studiert, auch dort als einer der besten, während ich etwa zur gleichen Zeit meinen Meister als Maurer und Betonbauer in Kaiserslautern gemacht habe. Während ich die ganzen Jahre im elterlichen Betrieb mitgearbeitet und die Firma nach dem Tod unseres Vaters übernommen habe, hat Robert daran nie Interesse gezeigt und ist nach dem Studium zu einem großen Bauunternehmen ins Rhein-Main-Gebiet gewechselt. Er hat dort sehr viel Geld verdient, war aber auch oft für längere Zeit im In- und Ausland auf Baustellen im Einsatz. Meistens kam er nur übers Wochenende nach Hause, aber auch das nicht immer, sodass seine Frau oft alleine war. Irgendwann habe ich sogar einen Auftrag von meinem Herrn Bruder bekommen und durfte ihm und Samantha ein tolles Haus am Betzelhübel bauen, mit Swimming Pool, Sauna, Gartenhaus und allem, was man sich vorstellen kann. Auch zwei Kinderzimmer waren eingeplant, denn Robert hatte sich immer Kinder gewünscht, aber das hat leider nicht funktioniert. Keine Ahnung, warum."

„Sagten Sie Betzelhübel, Herr Winter?", fragte ich. „Ist das nicht ein Neubaugebiet in Richtung Steinbach? Eine gute Bekannte von mir wohnt dort."

Er nickte. „Ja, eine schöne Wohnlage dort oben, aber auch ein gutes Stück weit außerhalb vom Zentrum hier. Roberts Frau hatte einen guten Job bei der Landesregierung und wollte wohl deshalb auch nicht weg aus dem Saarland. Sie ist im Gegensatz zu meinem Bruder ein sehr offener Typ und hatte viele Freunde, war im Schützenverein und ist auch gerne ausgegangen. Na ja, und dann ist es wohl irgendwann passiert", sagte er, ohne den Satz zu Ende zu bringen.

„Was meinen Sie denn mit passiert, Herr Winter?", fragte Beckmann.

„Es macht wohl keinen Sinn, lange drum herum zu reden", erwiderte er. „Sie hat meinem

Bruder halt Hörner aufgesetzt, wenn Sie verstehen, was ich meine."

„Wollen Sie damit sagen, dass sie ihn betrogen hat?", warf ich ein, was er mit einem stummen Nicken quittierte. „Und mit wem? Mit einem Freund oder einem Bekannten?"

Sein trockenes Lachen sprach Bände. „Ich hatte eben ganz bewusst von Hörnern in Mehrzahl gesprochen, womit ich bei weitem nicht nur zwei gemeint habe. Ich hatte es per Zufall von einem Kollegen von ihr erfahren, mit dem ich befreundet bin. Die Frau, die meinem Mann vor dem Traualtar ewige Treue geschworen hatte, hat sich im Laufe der Jahre leider immer mehr emanzipiert, was wohl auch damit zusammenhing, dass sie irgendwann zur Abteilungsleiterin ernannt wurde und dementsprechend noch mehr abgehoben ist. Ich musste dem Kollegen von ihr, den sie als Konkurrenten auf hinterhältige Art und Weise ausgebootet hatte, aber hoch und heilig versprechen, nichts weiter zu sagen, woran ich mich auch gehalten habe, obwohl ich Robert liebend gerne reinen Wein eingeschenkt hätte. Aber irgendwann hat er es ohnehin von anderen erfahren und war völlig am Boden zerstört. Während eines Kurzurlaubs hatte er Samantha zwar zur Rede gestellt, aber die hatte ihm eiskalt zu verstehen gegeben, dass sie im Traum nicht daran denken würde, nur alleine zu Hause zu sitzen und auf ihn zu warten. Dafür sei das Leben viel zu kurz. Er hatte mich danach unter Tränen darum gebeten, auch mal mit ihr darüber zu reden, um sie zur Vernunft zu bringen, aber …" Er stockte mitten im Satz und schüttelte den Kopf.

„Und? Haben Sie Ihrem Bruder den Gefallen getan?", fragte ich.

„Natürlich, aber sie hatte mir unmissverständlich zu verstehen gegeben, dass mich das überhaupt nichts anginge."

Beckmann klinkte sich in die Unterhaltung ein. „Und wie ging es dann weiter mit Ihrem Bruder und Ihrer Schwägerin?"

„Es hat Robert im wahrsten Sinne des Wortes das Genick gebrochen. Er hat angefangen, sich zu betrinken und sich damit auch bei seinem Arbeitgeber ins Abseits befördert, weil er öfter angetrunken auf die Baustelle kam. Er hat sich mehr und mehr gehen lassen und zunehmend auch Fehler gemacht. Das ging dann auch nicht mehr allzu lange gut, bis er irgendwann von sich aus gekündigt hat, um einem Rauswurf zuvorzukommen. Eines Tages stand er dann bei mir im Büro und hat mich gefragt, ob ich einen Job für ihn hätte."

„Und? Hatten Sie einen für ihn, Herr Winter?", schob ich nach.

„Eigentlich nicht, denn er war ja für meinen kleinen Betrieb völlig überqualifiziert", erwiderte er, „aber ich konnte meinen Bruder in so einer

Situation natürlich nicht hängen lassen. Ich wollte aber auch wegen ihm keinen meiner Arbeiter entlassen. Also habe ich ihm angeboten, ihn mit dem Gehalt eines Poliers bei mir einzustellen. Das war zwar deutlich weniger als die Hälfte von dem, was er vorher verdient hatte, aber mehr hätte ich beim besten Willen nicht zahlen können, auch um das Gehaltsgefüge im Unternehmen nicht durcheinander zu bringen."

Beckmann nickte. „Verstehe. Und wie ging es dann weiter?"

„Mehr schlecht als recht", bekam er zur Antwort. „Für die Firma war er jedenfalls kein Gewinn. Ihm fehlte einfach genügend praktische Erfahrung, um selbst mit Hand anzulegen. Bei jedem kleinen statischen Problem, das unsereiner ohne großen Aufwand pragmatisch zu lösen vermag, erging er sich in stundenlangen Planungen, Konstruktionen und Berechnungen, was mich und meine Leute nicht selten zur Weißglut brachte. Den repräsentativen Neubau, der ihn weit über achthunderttausend Euro gekostet hatte, konnte er natürlich auch nicht mehr länger finanzieren und hat das Haus dann irgendwann weit unter Wert verscherbeln müssen."

„Und wo hat er mit seiner Frau danach gewohnt?", fragte mein Chef.

„Na ja, unsereiner hat ja nicht das ganze Jahr über Bauaufträge, wobei die Tendenz in den letzten Jahren ohnehin rückläufig ist. Kein Wunder, bei dieser unsäglichen Wirtschaftspolitik", bekam er zur Antwort, worauf sich Herr Winter gleich für seine Bemerkung entschuldigte, vermutlich weil er uns beide als Öffentlich Bedienstete diesbezüglich nicht richtig einzuschätzen wusste. „Sorry, aber das ist mir gerade so rausgerutscht. Ich möchte selbstverständlich keinem Politiker zu nahe treten, aber ..."

Beckmann winkte lachend ab. „Keine Sorge, Herr Winter, wir beide haben politisch nichts am Hut und sind genau so wie Sie nicht mit allem einverstanden, was die da oben verzapfen."

„Das beruhigt mich. Ich kann ja meine Leute nicht bei jeder Auftragsflaute in Urlaub schicken oder entlassen, um sie dann nach Bedarf wieder zurückzuordern. Wir arbeiten relativ viel im Bereich der Altbausanierung. Da wird öfter mal etwas an-, um- oder ausgebaut, was natürlich sehr zeitaufwändig und nicht selten auch sehr kostenintensiv ist. Viele Interessenten scheuen deshalb letztlich die Realisierung solcher Projekte, wenn sie erst mal einen Kostenvoranschlag von mir vorliegen haben. Und manche denken dann darüber nach, ob sie das Objekt stattdessen besser verkaufen sollten. Wenn mir dann so ein Objekt zusagt und die Preisvorstellungen des Verkäufers in einem vernünftigen Rahmen liegen, dann kaufe ich so eine alte Hütte auch mal und richte sie mit meinen Leuten in Saure Gurken Zeiten für Aufträge als Vermietungsobjekt her. Lange Rede, kurzer Sinn, ich habe meinem Bruder und seiner Frau ein halbfertig saniertes Objekt mietfrei in der Altstadt angeboten, sofern er die restlichen Renovierungsarbeiten übernimmt. Es blieb ihm letztlich auch nichts anderes übrig, als mein Angebot anzunehmen. Und so war er dann nach Feierabend im Gegensatz zu seinem früheren Job zwar immer zu Hause, aber dafür mit Renovierungsarbeiten beschäftigt. Was soll ich lange drum herum reden, seiner Samantha gefiel das natürlich überhaupt nicht, zumal sie seinen neuen Job und das alte Reihenhäuschen im Gässling, in dem sie jetzt wohnten, nicht als standesgemäß für einen Bauingenieur und eine Abteilungsleiterin erachtete. Sie ließ Robert jeden Tag mehr ihre grenzenlose Verachtung spüren und hat ihrem emanzipierten Eigenleben, um es mal vornehm zu formulieren, seitdem völlig ungehemmt gefrönt."

„Wollen Sie damit sagen, dass sie ihn auch weiterhin betrogen hat?", fragte ich.

Er nickte. „Nicht nur das, sie machte überhaupt kein Hehl mehr daraus und blamierte ihn auch nach außen hin bis auf die Knochen. Mit mir würde das keine Frau machen, aber mein Brüderchen …", er schüttelte heftig den Kopf und fuhr dann fort, „Robert war völlig fertig und hatte massive Gesundheitsbeschwerden. Aber weitaus schlimmer noch waren seine psychischen Probleme. Er hat sich immer mehr zurückgezogen und fing wieder an zu trinken, hat sich immer mehr gehen lassen und blieb auch öfter mal einfach zu Hause, statt hier seiner Arbeit nachzugehen. Jeden anderen hätte ich in hohem Bogen rausgeworfen, aber …", er zuckte die Schultern, „schließlich ist er mein Bruder."

Beckmann nickte. „Das ist natürlich verständlich, Herr Winter. Wie war das denn, als seine Frau und er so plötzlich verschwunden sind? Ich meine, gab es dafür einen erkennbaren Grund aus Ihrer Sicht?"

Winter schüttelte den Kopf. „Nein, nicht dass ich wüsste. Es war an einem Freitagnachmittag. Seine Frau war wie so oft am Wochenende in unserem Wochenendhaus am Steinbacher Berg, das mein Vater noch gebaut hatte. Allerdings immer ohne Robert, aber keineswegs alleine, wenn Sie verstehen, was ich meine. Ich bin mit meiner Frau und den beiden Kindern samstagmorgens in den Schwarzwald gefahren und habe noch den Montag drangehängt. Robert hatte sich übers Wochenende unseren Pritschenwagen ausgeliehen, weil er noch Bauschutt zur Deponie fahren wollte. Als wir montagabends wieder zurückkamen, waren Robert, seine Frau und unser Pritschenwagen spurlos verschwunden, ohne uns eine Nachricht zu hinterlassen. Wir haben natürlich überall nach ihnen gesucht und sie immer wieder per Handy zu erreichen versucht, aber niemand ging dran. Auch alle Nachfragen bei

Nachbarn, Freunden, Verwandten und Bekannten blieben erfolglos."

„Und dann, Herr Winter?", fragte ich.

Er zuckte mit den Schultern. „Was soll ich Ihnen sagen? Ich musste mich ja zuerst mal ums Geschäft kümmern und hatte daher auch keine Zeit, noch länger nach ihnen zu suchen. Ich hätte ohnehin nicht gewusst, wo."

„Haben Sie wenigstens gleich die Polizei verständigt und eine Vermisstenanzeige aufgegeben", fragte Beckmann.

Er sprang kopfschüttelnd auf, ging unruhig auf der Terrasse hin und her, blieb schließlich stehen und erwiderte: „Nein, nicht gleich, um ehrlich zu sein. Ich weiß heute, dass das ein Fehler war, aber der kritische Zustand meines Bruders, das Einschalten der Polizei und die damit zwangsläufig verbundene Außenwirkung …" Er schwieg für ein paar Sekunden und fuhr dann fort, „die wollte ich nach Möglichkeit vermeiden, auch weil ich insgeheim gehofft hatte, dass Robert und Samantha irgendwann von selbst wieder auftauchen würden."

Beckmann schüttelte den Kopf. „Das war natürlich ein Fehler und hat die damaligen Ermittlungen dadurch erheblich erschwert. Aber lassen wir das. Wann haben Sie denn die Polizei eingeschaltet?"

„Ich weiß mittlerweile selbst, wie idiotisch mein Zögern damals war, aber es ist ja leider nicht mehr zu ändern. Die Polizei habe ich eine Woche später eingeschaltet, nachdem mich meine Frau immer wieder dazu gedrängt hat."

„Sie scheinen eine kluge Frau zu haben, Herr Winter." Diese Bemerkung konnte ich mir einfach nicht verkneifen. „Und Sie haben nach dem Verschwinden der beiden nie wieder etwas von ihnen gehört, keine Anrufe oder Postkarten, Briefe und so weiter?"

Er schüttelte den Kopf. „Nein, nur unser Transporter wurde zwei Tage nach meiner Anzeige unweit vom Bahnhof Friedrichsthal gefunden, etwas verdeckt in einer ruhigen Seitenstraße. Das Fahrzeug war unverschlossen und der Schlüssel lag unter der Fußmatte vom Beifahrersitz."

„War das Fahrzeug beschädigt?", fragte ich.

„Nein, überhaupt nicht. Mich wundert nur, dass es dort keiner geklaut hat. Aber es weiß ja auch niemand, wie lange es dort gestanden hat. Allerdings muss wohl jemand die Pritschenbox geklaut haben, denn die war spurlos verschwunden."

„Pritschenbox? Was meinen Sie denn damit?"

Herr Winter schmunzelte. „Das ist eine große Metallkiste, die auf der Ladefläche des Pritschenwagens hinter der Fahrerkabine befestigt ist und zum Aufbewahren von Werkzeugen und Geräten dient. Also alles, was ein bisschen mehr wert ist als eine Schippe oder eine Hacke. Die Kiste ist nämlich abschließbar."

„Geklaut, sagten Sie?", schob Beckmann nach. „War die denn nicht fest mit dem Fahrzeug verbunden?"

Herrn Winter schienen unsere laienhaften Fragen zu amüsieren. „Darauf kann ich nur mit einem klaren Jein antworten", erwiderte er grinsend. „Natürlich ist die Pritsche auf der Ladefläche fixiert, damit sie beim Fahren nicht verrutscht oder gar von der Ladefläche fällt. Aber die Verankerung lässt sich relativ leicht lösen, wenn man zum Beispiel für einen Transport die komplette Ladefläche benötigt."

„War denn etwas besonders Wertvolles in dieser Box?", fragte Beckmann.

Winter zuckte die Achseln. „Wie man's nimmt, ein Abbruchhammer, Winkelschleifer, Messgeräte und Spezialwerkzeug. Alles in allem ein paar Tausend Euro, aber bevor ich eine Pritschenbox samt Inhalt klauen würde, würde ich mir doch wohl eher das komplette Fahrzeug unter den Nagel reißen. Meinen Sie nicht auch?"

Beckmann nickte. „Da haben Sie natürlich recht, zumal ja die Autoschlüssel relativ leicht zu finden gewesen wären."

„So ist es. Jedenfalls war ich froh, wenigstens das Fahrzeug wieder unversehrt in Empfang nehmen zu können, nachdem es von der Kripo auf Spuren untersucht worden war."

„Und verwertbare Spuren wurden laut Akten damals nicht entdeckt", ergänzte ich. „Schildern Sie uns doch jetzt bitte mal, wo und wann Sie Ihren Bruder wiedergetroffen haben."

„Das war zu Beginn dieses Monats, ich glaube am Dritten. Ich hatte beim Amtsgericht in Saarbrücken einen Termin und wollte anschließend noch kurz zu einem Juwelier in die Bahnhofstraße, um ein Geburtstagsgeschenk für meine Frau zu besorgen. Als ich über die Alte Brücke ging, kauerte dort irgendwo vor dem Geländer ein Penner mit Hund, den Kopf halb verdeckt mit einem breitkrempigen Strohhut. Vor ihm ein Pappbecher, in dem ein paar Münzen lagen. Irgendwie war mir danach zumute, diesem Mann wenigstens ein bisschen Kleingeld zukommen zu lassen. Als ich meine Brieftasche zückte, um ein paar Münzen herauszufischen, konnte ich förmlich spüren, wie er mich mit durchdringenden Blicken anstarrte. Normalerweise heben solche Burschen allenfalls kurz mal den Kopf, um sich zu bedanken. Erst daraufhin habe ich ihn näher betrachtet. Ein von Wind und Wetter gegerbtes Gesicht mit einem Vollbart und einem Büschel grauer Haare, die unter seinem Strohhut hervorquollen. Erst beim zweiten Blick erkannte ich, dass dieser Penner mein seit Jahren verschollener Bruder Robert war. Mich hat fast der Schlag getroffen, und ihm ging es wohl ähnlich. Doch als ich ihn ansprechen wollte, ist er einfach aufgestanden und mit dem Hund die Treppe zur Saar hinunter gegangen, ohne sich noch einmal nach mir umzudrehen. Ich bin ihm natürlich nachgerannt und habe ihn aufzuhalten versucht, aber er hat mich wortlos abgewiesen. Als mich dann auch noch sein Hund angeknurrt hat, habe ich es schließlich aufgegeben, zumal mich ein paar Leute auch schon ganz schief angeschaut haben und mir zu verstehen gaben, dass ich den armen Menschen doch in Ruhe lassen soll."

„Könnten Sie uns denn eine halbwegs brauchbare Personenbeschreibung von ihm geben, damit wir einen Anhaltspunkt für weitere Recherchen hätten. Gut zu wissen wäre auch, wo er wohnt oder wo er sich regelmäßig aufhält."

„Eine Sekunde bitte, ich hoffe, dass Ihnen die Fotos hier wenigstens ein bisschen weiterhelfen können", erwiderte er und scrollte auf seinem Smartphone die Fotogalerie durch. „Hier sind sie. Ich habe die Fotos zum Glück instinktiv gemacht, nachdem er mich abgewimmelt hatte. Es sind leider nur zwei von hinten, eins von der Seite und eins, wo man sein Gesicht zumindest halbwegs erkennen kann. Ich hatte ihm noch nachgerufen, dass er sich wenigstens mal telefonisch bei mir melden sollte. Daraufhin hat er sich nur kurz umgedreht und verächtlich abgewinkt. Aber diese Szene habe ich wenigstens noch mit der Kamera einfangen können."

Beckmann und ich betrachteten die Bilder ausgiebig. „Die Fotos benötigen wir auf jeden Fall, Herr Winter. Können Sie uns die bitte kurzfristig zuschicken?", sagte ich.

„Kein Problem, wenn sie wollen auch sofort, falls Sie ein Smartphone dabei haben."

„Gute Idee, das machen wir sofort."

„Ich möchte sie aber trotzdem bitten, uns die Fotos auch noch offiziell per E-Mail zuzusenden", ergänzte mein Chef. „Ich gebe ihnen mal meine Visitenkarte mit Telefonnummer und E-Mail-Adresse. Wo ist ihr Bruder denn danach hingegangen?"

Herr Winter zuckte die Achseln. „Keine Ahnung. Er ist am Staatstheater vorbei in Richtung Bismarckbrücke gelaufen, aber wohin, weiß ich leider nicht."

„War seine Frau auch mit dabei?"

Winter schüttelte den Kopf. „Nein, nur sein Hund."

„Und Sie haben vermutlich auch keine Adresse von ihm."

„Nein, tut mir leid, denn die hätte ich natürlich selbst gerne. Sie können sich vorstellen, dass ich nach dieser Begegnung mit ihm vollkommen aufgewühlt war und seitdem fast jeden Tag nach ihm gesucht habe. Ich bin immer wieder von zu Hause oder von einer Baustelle aus nach Saarbrücken gefahren und habe im Bereich der Altstadt und an der Saar nach ihm gesucht, aber er war leider unauffindbar. Erst danach habe ich mich wieder bei der Polizei gemeldet, ich fürchte, es war wohl wieder etwas zu spät."

Beckmann nickte. „Sie sagen es, Herr Winter. Ich denke aber, wir haben jetzt wenigstens ein paar Anhaltspunkte für weitere Recherchen unsererseits in Erfahrung bringen können. Es wird sicherlich nicht unser letztes Gespräch in dieser Angelegenheit gewesen sein. Falls Ihnen noch etwas Wichtiges einfallen sollte, lassen Sie es uns bitte gleich wissen."

Altstadtbummel

Nachdem wir uns verabschiedet hatten, schnaufte Beckmann hörbar durch. „Ich weiß ja nicht, wie es Ihnen geht, aber mir brummt gerade gewaltig der Schädel. Und jetzt noch mit dem Auto zweihundertfünfzig Kilometer nach Hause fahren, das tue ich mir heute nicht mehr an. Ich werde das auf morgen Vormittag verschieben und dafür noch den Montag dazu nehmen. Sonst lohnt sich die ganze Fahrerei nicht. Warum grinsen Sie denn jetzt so, Frau Horst?"

„Na ja, ich finde es schon erstaunlich, wie problemlos man sich doch als Chef so ganz ohne Antragsformular gerade mal einen Urlaubstag genehmigen kann", erwiderte ich.

„Sie haben Glück, dass ich Ihren Humor so mag, Frau Horst, sonst hätte ich Ihnen jetzt entgegengehalten, dass Sie ja eigentlich überhaupt keinen Urlaub brauchen, wo Sie doch immer zu Hause sind. Aber wollten wir nicht das Angenehme mit dem Nützlichen verbinden? Ich schlage daher vor, dass Sie mir jetzt zum Ausgleich und zur Einstimmung aufs Wochenende wenigstens noch ein bisschen was von Ottweiler zeigen."

„Einverstanden, aber nur, wenn Sie mich hinterher zu Kaffee und Kuchen einladen. Ich kenne nämlich hier ein Café, das weit und breit den besten Kuchen anbietet, und an diesem Café führt ohnehin kein Weg vorbei."

Er lachte. „Ich könnte das aber jetzt auch als Erpressung auslegen, Frau Oberkommissarin."

„Und wie würden Sie eine von einer Untergebenen erzwungene kostenlose Stadtführung einstufen, Herr Kriminalrat?", konterte ich, worauf wir beide in schallendes Gelächter ausbrachen.

„Okay, wir begraben für heute am besten mal das Kriegsbeil und widmen uns den schöneren Dingen."

„In Ordnung. Ich schlage vor, dass wir am Landratsamt beginnen. Dort können wir auch parken. Fahren Sie mir bitte einfach hinterher." Zum Glück fanden wir noch zwei freie Parkplätze in der Wilhelm-Heinrich-Straße. Nachdem wir ausgestiegen waren, deutete ich auf das Landratsamt auf der gegenüberliegenden Straßenseite und erklärte: „Das imposante Gebäude hier wurde Mitte des 18. Jahrhunderts als Witwenpalais für die Gemahlin von Fürst Wilhelm Heinrich von Nassau-Saarbrücken errichtet, falls ich es noch richtig in Erinnerung habe. Der wunderschöne Sandsteinbau im Barockstil beherbergt heute die Verwaltung des Landkreises Neunkirchen, zumindest wesentliche Teile davon. Die Anbauten links und rechts stammen aus dem vorigen Jahrhundert. Sie finden hier in der Stadt übrigens einige Gebäude aus unterschiedlichen Stilepochen."

Beckmann nickte anerkennend. „Donnerwetter, das ist wirklich ein sehenswertes Ensemble. Auch die Fachwerkhäuser weiter hinten finde ich sehr schön. Das erinnert mich an so manches schöne Fachwerkstädtchen in meiner Heimat."

„Wissen Sie eigentlich, das Ottweiler erst vor kurzem in den Rang einer der schönsten Kleinstädte Deutschlands erhoben wurde? Wir gehen die Straße mal weiter an der katholischen Kirche vorbei in Richtung Altstadt, denn dort wird es Ihnen bestimmt noch besser gefallen." Am Verkehrskreisel bogen wir ab und schlenderten durch die Enggaß in Richtung Rathausplatz. Sichtlich beeindruckt schaute sich mein Chef auf dem kopfsteingepflasterten Platz um, der mit den Fachwerkhäusern und Gebäuden im Renaissancestil, im Hintergrund majestätisch überragt vom alten Wehrturm aus dem 15. Jahrhundert, dem Wahrzeichen der Stadt, eine malerische Kulisse bot.

„Ich muss wirklich sagen, dass dieses kleine Städtchen sehr sehenswert ist, Frau Horst. Ich bin froh, dass Sie mir als Stadtführerin zum Nulltarif alles so anschaulich präsentieren."

„Von wegen Nulltarif, das hätten Sie wohl gerne?", konterte ich, „oder haben Sie Ihre Einladung schon wieder vergessen, Herr Kriminalrat?"

Beckmann grinste. „Welche Einladung? Na schön, aber nur, weil Sie mich gerade so nett darum gebeten haben. Ist denn das Gehen nicht doch ein bisschen zu anstrengend für Sie?"

Ich schüttelte den Kopf. „Mit dem Gehstock geht es mittlerweile schon recht gut, auch wenn meine Kondition langsam etwas nachlässt, um ehrlich zu sein. Wir gehen aber wenigstens noch ein kleines Stück weiter runter zum Quakbrunnen am Schlosshof. Vielleicht können wir uns dort ja an einem der Straßencafés ein bisschen ausruhen."

Er nickte. „Eine gute Idee. Ich habe schon eine ganz trockene Kehle. Kein Wunder, bei diesem schwülwarmen Wetter."

Gleich neben dem Brunnen gönnten wir uns eine Pause bei zwei leckeren Eiscafés, in der Beckmann seine Blicke interessiert über den Platz am Schlosshof schweifen ließ.

„Schräg gegenüber auf der anderen Seite sehen Sie das Schlosstheater", erklärte ich ihm, „und das Haus mit dem imposanten Giebel rechts von uns ist das Hessehaus, was aber nichts mit dem Schriftsteller Herrmann Hesse zu tun hat.

Und der Brunnen direkt neben uns heißt Quak-brunnen."

„Quakbrunnen, was ist denn das für ein merkwürdiger Name?", erwiderte er.

Ich schüttelte den Kopf. „Der Name geht auf einen alten Brauch zurück, mit dem man früher den Winter vertrieb und den Frühling willkommen hieß. Kinder zogen an Pfingsten mit bunten geschmückten Handwagen - dem *Pfingstquack* - durchs Dorf und sangen Ständchen, wofür sie Eier und Speck oder auch Süßigkeiten und Bares bekamen. Der Brunnen wurde 1934 errichtet. Die Figur auf der Spitze des Quakbrunnens zeigt einen Jungen unter einem mit Grün und Blumen geschmückten Zweiggeflecht, der als Anführer mit den Dorfburschen und bunt geschmückten Leiterwagen am frühen Pfingstmorgen durch Ottweiler zog."

„Du liebe Güte, Frau Horst, also falls jemals im Bereich der Kriminalität eine Rezession zu befürchten wäre, brauchte ich mir um Sie wirklich keine Gedanken zu machen. Als Stadtführerin würde ich Sie jedenfalls sofort einstellen. Das ist ja einfach phänomenal, was Sie so alles wissen."

„Vielen Dank für die Blumen, aber Anzeichen für eine Rezession in unserer Berufssparte vermag ich auch auf lange Sicht beim besten Willen nicht zu erkennen."

Er nickte. „Sie sagen es, Frau Horst, aber trotzdem bin ich maßlos erstaunt, dass Sie …"

„Ich muss gestehen, dass ich mir diese Informationen gestern noch schnell übers Internet angelesen habe, um heute vor Ihnen damit glänzen zu können", unterbrach ich ihn.

„Was Ihnen auch eindrucksvoll gelungen ist. Aber ich denke, für heute sollte es auch genügen. Ich schlage vor, dass wir uns jetzt auf den Heimweg machen."

„Oh ja, es war wirklich ein langer Tag. Meine Stubentiger und das Federvieh warten bestimmt schon sehnsüchtig auf ihr Futter. Wir laufen am besten den gleichen Weg zurück zu den Autos. Macht es Ihnen etwas aus, wenn ich mich bei Ihnen unterhake, dann geht es sich ein bisschen leichter für mich. Ich hätte Ihnen ja gerne noch mehr gezeigt, aber das Hüftgelenk macht mir immer noch zu schaffen, wenn ich längere Zeit auf den Beinen bin."

„Aber natürlich, Frau Horst", erwiderte er und reichte mir den Arm. „Ich mache mir gerade deswegen ein bisschen Vorwürfe, weil ich Sie als Stadtführerin so missbraucht habe."

Ich konnte mir ein Grinsen nicht verkneifen. „Na ja, missbraucht haben Sie mich ja eigentlich nicht, aber uns beiden hat es doch auch so Spaß gemacht, oder?"

Er sah mich völlig verdutzt an und brach dann in ein wieherndes Lachen aus. „Sie sind wirklich um keinen schrägen Spruch verlegen. Gibt es hier sonst noch etwas Interessantes zu sehen?"

Ich nickte. „Oh ja, noch ein paar schöne enge Gassen mit schnuckeligen Häusern, den Zwinger mit Resten der Stadtmauer, den Stengel-Pavillion mit einem schönen Rosengarten, ein Schulmuseum und noch …"

„Danke, danke, das reicht mir fürs Erste, Nora", unterbrach er mich. „Ich werde mir das Städtchen sicherlich in nächster Zeit selbst noch einmal etwas näher anschauen." Erst dann schien es ihm bewusst zu werden, dass er mich bei meinem Vornamen genannt hatte. „Oha, die Nora ist mir in Ungedanken jetzt einfach so rausgerutscht. Bitte entschuldigen Sie, Frau Horst."

„Kein Grund zur Entschuldigung. Wenn es nach mir geht, können wir gerne bei den Vornamen bleiben und aus dem Sie ein Du machen. Sie sind zwar mein Vorgesetzter, aber da ich ein paar Jahre älter bin, nehme ich mir einfach mal die Freiheit. Einverstanden, Sven?"

„Aber natürlich, Nora. Ich hatte schon die ganze Zeit auf eine Gelegenheit zum Du gehofft. Mit deinen Kollegen in Saarbrücken bin ich schließlich auch per Du. Wir beide hatten aufgrund der räumlichen Distanz bisher leider noch keine richtige Gelegenheit dazu. Darauf müssen wir natürlich beim nächsten Treffen noch mit einem Glas Sekt anstoßen. Aber mit dem Bruderkuss könnten wir doch eigentlich heute schon in Vorlage gehen. Was meinst du, Nora?"

Ohne ihm eine Antwort darauf zu geben, hielt ich ihm zum Abschied einfach meine rechte Wange hin.

Überraschung

Agathes Schnattern war unüberhörbar, als ich den Wagen in die Garage fuhr. Kaum hatte ich das Gartentor geöffnet, stürzte sie sich auf mich und pickte mir ein paar Mal in die Schuhe. Offensichtlich war sie wütend darüber, dass ich sie so lange allein und ohne Futter gelassen hatte. Auch die drei Katzen straften mich mit Verachtung.

„Was fällt dir denn ein, du dumme Gans, mich so zu picken. Wenn du das noch einmal machst, wirst du dein Leben als Gänsebraten in der Pfanne beenden", schimpfte ich mit ihr, worauf sie prompt noch lauter zu schnattern anfing und mich erneut attackieren wollte.

„Ach Tantchen, das nimmt sie dir ja doch nicht ab. Sie weiß ganz genau, dass ihr von einer Vegetarierin und Gänsemama diesbezüglich keine Gefahr droht", hörte ich Holgers Stimme im Hintergrund.

„So so, der Herr Neffe ist auch schon da. So ein lustiges Studentenleben wie du möchte ich auch mal haben. Warum hast du denn diese tierischen Quälgeister nicht wenigstens schon mal gefüttert?"

„Darum", erwiderte er und drückte mir ein federloses Etwas in die Hand.

„Ein Jungvogel?", fragte ich.

Er nickte.

„Und was soll ich damit?"

„Na du kannst vielleicht Fragen stellen. Füttern sollst du ihn, sonst überlebt er es nicht", erwiderte er.

„Füttern? Du spinnst wohl. Wo hast du den Vogel denn eigentlich her?"

„Ich konnte ihn im letzten Moment vor Rocky retten. Dort hinten unter der großen Eiche lag er und hat jämmerlich gepiepst. Der Arme ist wohl aus dem Nest gefallen oder die Eltern haben ihn aus dem Nest geworfen. Das tun sie nämlich, wenn ein Jungvogel krank oder nicht überlebensfähig ist."

„Das ist mir bekannt, aber was habe ich denn damit zu tun?"

Holger grinste. „Na ja, er lag auf deinem Grundstück und somit bist du auch für ihn verantwortlich."

„Sag mal, hast du nicht alle Tassen im Schrank? Ich weiß vor lauter Arbeit nicht, wo mir der Kopf steht. Und jetzt bringst du mir auch noch einen Vogel. Oh nein, mein Lieber, bring ihn ganz schnell wieder weg."

„Und wohin, wenn ich fragen darf?"

„Keine Ahnung, meinetwegen in den Zoo oder zum Tierarzt."

„Ich fürchte, Letzteres würde er wohl kaum überleben. Und ob die ihn im Zoo überhaupt annehmen würden, weiß ich nicht. Aber ich versuche es natürlich. Gibst du ihn mir bitte wieder", sagte er und streckte mir seine Hände entgegen.

Der Kleine hat es sich in der Zwischenzeit in meinen Händen bequem gemacht und seine Augen geschlossen. Er schien sich jetzt offenbar in Sicherheit zu fühlen. Obwohl eine innere Stimme mir einzureden versuchte, mich um den Kleinen zu kümmern, drückte ich ihn Holger wieder in die Hände, worauf der Wicht jämmerlich zu piepsen anfing, als Holger mit ihm in Richtung Auto ging.

„Kann ich ihn wenigstens in deinem Wagen wegbringen? Ich will es zuerst mal im Zoo versuchen, Tante Nora", erwiderte Holger. Die Enttäuschung war aus seiner Stimme unschwer herauszuhören. Das jämmerliche Piepsen des Kleinen gab mir schließlich den Rest. „Einen Moment noch, Holger. Wir könnten ja vielleicht mal bis morgen abwarten, ob er es überhaupt überlebt. Aber ich habe wirklich keine Ahnung, was so ein junger Vogel frisst. Und einen Käfig habe ich auch keinen", sagte ich.

„Super!", erwiderte mein Neffe freudestrahlend, drückte mir den Kleinen wieder in die Hände und machte auf dem Absatz kehrt. Erstaunlicherweise beruhigte sich der Piepmatz sofort wieder. „Keine Sorge, Tantchen, wir haben im Keller ja noch den alten Vogelkäfig von Mamas Nymphensittich, der voriges Jahr gestorben ist. Zum Glück haben wir den noch nicht entsorgt. Den gehe ich gleich mal nebenan in den Keller holen. Und danach googeln wir mal, wie und mit was man so ein Jungtier am besten füttert."

Ein paar Minuten später hatten wir den Kleinen in den viel zu großen Käfig verfrachtet und ihm darin ein kleines Nest aus Stroh und Federn eingerichtet. Den Käfig platzierten wir auf der Fensterbank in der Küche.

„Was ist denn das eigentlich für ein Vogel? Hast du eine Ahnung, Holger?"

Er schüttelte den Kopf. „Nicht wirklich, aber meiner Meinung nach kann es nur ein Rabe oder besser gesagt eine Rabenkrähe sein. Wir füttern doch so ein Pärchen schon einige Zeit und die beiden haben auch hier im Garten in der alten Eiche ein Nest gebaut. Vermutlich weil es so lange kalt war, haben sie dieses Jahr relativ spät damit begonnen. Jedenfalls habe ich sie vor einiger Zeit fleißig kleine Zweige und auch Gänsefedern von Agathe sammeln sehen. Und dort hinten habe ich den Winzling auch auf dem Boden gefunden.

Wir sollten uns aber jetzt erst mal im Internet ein bisschen schlau machen."

Etwa eine Viertelstunde später wussten wir es genau. Holger hatte tatsächlich eine kleine Rabenkrähe entdeckt, die als Allesfresser insbesondere mit tierischen Organismen, unter anderem mit Regenwürmern, Larven von Wiesenschnecken, Käfern und Käferlarven sowie mit Raupen gefüttert werden müssen, und das sogar noch einige Wochen nach dem ersten Ausfliegen.

„Da hast du uns ja was Schönes eingebrockt, mein lieber Neffe", stöhnte ich. „Damit dass klar ist, für die Futterbeschaffung bist du ab sofort verantwortlich.

Holger grinste. „Kein Problem, Tantchen. Hier steht ja, dass man auch Insektenfutter für die Vögel aus dem Zoofachgeschäft füttern kann. Das werde ich nachher gleich mal besorgen."

„Na ja, aber das reicht alleine nicht, denn hier steht noch was von toten Mehlwürmern und zerkleinerten Grillen oder Heuschrecken. Zudem noch Früchte, Beeren, Getreidekörner und sogar ein hart gekochtes Ei", erwiderte ich. „Aber das ist eine große Belastung, wenn der Piepmatz von morgens bis abends nahezu im Stundentakt gefüttert werden muss. Das schaffe ich alleine jedenfalls nicht. Du und deine Mama, ihr werdet mich schon dabei unterstützen müssen."

Ganz im Gegensatz zu mir schien sich Holger köstlich zu amüsieren. „Das ist doch klar, Tantchen", erwiderte er grinsend. „Du solltest das alles aber etwas positiver sehen. Falls sie dir beim LKA mal den Laufpass geben sollten, dann kannst du dich als Würmer- und Insektenexpertin wenigstens beim Fernsehen fürs Dschungelcamp bewerben. Ich mache mich dann mal auf den Weg in ein Zoofachgeschäft. Du kannst ja inzwischen schon mal deine Hühnerschar um eine freundliche Gabe an Regenwürmern bitten."

„Könnte tatsächlich sein, dass sie mich entlassen, nachdem ich meinen unverschämten Neffen eiskalt um die Ecke gebracht habe. Also, mach dich am besten schleunigst vom Acker, junger Mann."

So viel stand jedenfalls fest, der Tag in meiner Funktion als LKA-Ermittlerin war für mich gelaufen. Nach drei mühsamen Fütterungsversuchen, unterstützt von Andrea und Holger, fiel ich etwa drei Stunden später todmüde ins Bett. *Wenigstens steht dir ein ganzes Wochenende bevor, um dich in deiner neuen Aufgabe als Rabenmutter zu üben und dich um Haus und Garten zu kümmern, Nora,* tröstete ich mich selbst und war kurz darauf fest eingeschlafen.

Auf Spurensuche

Ein anstrengendes Wochenende lag hinter mir, von dem der neue Haus- und Hofgenosse, der permanent und lauthals um Futter bettelte, mit Abstand die meiste Zeit in Anspruch nahm. Eher lustlos griff ich am Montagvormittag zum Telefonhörer, um mich bei den zuständigen Stellen der Stadt Saarbrücken für wohnungslose Randständige nach Robert Winter zu erkundigen, weil ich schon ahnte, dass ich mir mit viel Aufwand vermutlich nichts weiter als Frust einhandeln würde. Wie erwartet, mit dem Namen konnten weder die zuständigen Stellen bei der Stadt, noch das Bruder-Konrad-Haus, die Notschlafstelle der Arbeiterwohlfahrt, das Haus der Diakonie, das Drogenhilfezentrum oder die Herberge zur Heimat etwas anfangen. Auch die per E-Mail zusätzlich noch zugesandten Fotos von Robert Winter brachten mir außer roten Ohren vom vielen Telefonieren überhaupt nichts ein. *Du wirst wohl nicht umhin kommen, dich selbst einmal in der Stadt umzuschauen und umzuhören, Frau Oberkommissarin,* seufzte ich laut, worauf mein gefiedertes Vogelbaby mit einem kläglichen Piepsen antwortete. Ich hatte ganz vergessen, den Kleinen zwischendurch zu füttern, was ich schleunigst nachholte. Irgendwie war der Vormittag wenig erfreulich für mich verlaufen, sodass ich mich

spontan entschloss, mir für den Nachmittag einen
Bummel durch die Saarbrücker Altstadt zu gönnen. Seit dem tragischen Unfall hatte ich nichts
Derartiges mehr unternommen. Nachdem ich
Andrea nebenan gebeten hatte, sich zwischenzeitlich um meine immer größer werdende Zooge-
sellschaft zu kümmern, setzte ich mich ins Auto
und fuhr los. An meiner alten Wirkungsstätte in
der Mainzer Straße wollte ich aber nicht parken.
Mein Chef war ohnehin nicht da und auf mehr
oder weniger geistreiche Gespräche mit den Kollegen dort hatte ich nicht die geringste Lust. Zum
Glück fand ich in der Nähe vom Staden irgendwo
noch eine Parklücke und ging von dort aus am
Saarufer entlang in Richtung St. Johanner Markt.
Die Saar lag träge in ihrem Bett und wurde nur
kurz von einem gemächlich vorbeifahrenden Boot
in sanfte Wellenbewegungen versetzt. Im Bereich
vor dem Staatstheater lagen ein paar kleinere Mo-
torjachten am Ufer und auf der Wiese dahinter
ein paar Sonnenanbeter. Auf der gegenüberliegenden Saarseite präsentierte sich das Saarbrücker Schloss mit der wuchtigen Schlossmauer zur
Franz-Josef-Röder-Straße hin in seiner ganzen
Pracht. Eine beeindruckend schöne Kulisse trotz
des permanenten Verkehrslärms der Stadtauto-
bahn. Ich liebe dieses Flair der Landeshauptstadt,
insbesondere auch den Bereich um den St. Johanner Markt. So etwas kann meine zum Teil kriegs-
zerstörte und von Kohle und Stahl geprägte Heimatstadt Neunkirchen leider nicht bieten, obwohl

zumindest das Alte Hüttenareal in Neunkirchen mit den Hochöfen, Winderhitzern, der Gebläsehalle und dem Wasserturm eine durchaus imposante und sehenswerte Industriekulisse darstellt.

Nur mühsam gelang es mir, mich gedanklich wieder auf den eigentlichen Grund meines Stadtbesuchs zu konzentrieren. Unterwegs begegnete ich ein paar Randständigen, denen ich die Fotos vom Gesuchten zeigte. Leider ohne Erfolg. Im Bereich der alten Brücke saß allerdings einer mit einem betagten Schäferhund am Saarufer, der ihn offenbar zu erkennen schien.

Misstrauisch musterte er mich von oben bis unten. „Warum fragste denn nach dem? Bist du ein Bulle oder muss ich bei dir Bullin sagen?", erwiderte er und klopfte sich kichernd auf die Oberschenkel dabei.

Ich ignorierte sein Duzen und erklärte ihm, dass der Gesuchte von seinem Bruder vermisst wird, der sich große Sorgen um ihn machen würde.

„Kann ich dir leider auch nicht helfen", brummte er in seinen grauen Bart. „Der ist nicht wie die anderen hier. Mal siehst du ihn dreimal in der Woche und mal drei Wochen nicht. Die letzte Zeit habe ich ihn überhaupt nicht mehr hier gesehen. Der pennt auch nicht in einer Unterkunft wie die meisten und beim Essen irgendwo habe ich ihn auch noch nicht getroffen. Er redet auch nicht viel und geht meistens auf Distanz. Irgendwie ist das keiner so wie wir anderen. Aber du kannst mal in der Kneipe hier nachfragen", sagte er und drückte mir eine schmuddelige Visitenkarte in die Hand. „Kannste behalten, ich weiß ja, wo es ist. Die Wirtin hat nämlich ein Herz für Tiere. Dort kriegste manchmal Essensreste für den Hund von ihr. Ich kann mir ja für Leo, den alten Knaben, kein Hundefutter leisten. Und der Typ, den du suchst, den habe ich dort auch schon mal gesehen. Der hat auch immer seinen Hund dabei."

„Prima, sie haben mir damit sehr geholfen", bedankte ich mich und wollte schon weitergehen, als er mich am Hosenbein festhielt.

„Haste mal ein paar Groschen für Leo und mich", fragte er und hielt mir die offene Hand entgegen.

„Oh ja, natürlich." Ich drückte ihm gleich drei Euro in die Hand, auch weil ich mich ein bisschen dafür schämte, ihm nicht direkt etwas gegeben zu haben.

Er nickte anerkennend. „Knauserig biste jedenfalls nicht. Kannst gerne noch mal kommen, wenn du wieder was wissen willst."

„Mach ich doch direkt", erwiderte ich, streichelte dem Hund über den Kopf und machte mich auf den Weg. In dem kleinen Lokal in der Herbergsgasse trank ich einen Cappuccino und musterte dabei ein paar ansprechende Zeichnungen mit Motiven vom Saarbrücker Schloss, der Ludwigskirche und der alten Brücke an den Wänden. Daneben auch zwei Motive aus Ottweiler, auf denen die markante Kulisse am Rathausplatz mit dem alten Wehrturm hinter den Häusern im Vordergrund sowie das Landratsamt mit dem Witwenpalais zu sehen waren.

„Das sind wirklich sehr schöne Zeichnungen", sagte ich zu der Bedienung. „Die Saarbrücker Motive passen ja sehr gut hierher, aber warum die beiden aus Ottweiler?"

Sie lächelte. „Na ja, ich lebe zwar schon über dreißig Jahre hier in Saarbrücken, aber in Ottweiler bin ich geboren und noch zur Schule gegangen. Die beiden Motive erinnern mich ein bisschen an die alte Heimat und passen trotzdem ganz gut zu den anderen, finde ich."

„Das ist wahr. Wer hat denn die Bilder gemalt, wenn ich fragen darf?"

„Sie dürfen, aber den Namen des Malers kenne ich leider nicht. Sie sind nur unten rechts mit diesen verschnörkelten Initialen $\mathcal{RW}$ versehen."

„Was muss man denn für so ein Bild bezahlen?"

Sie lachte. „Keine Ahnung. Ich habe sie geschenkt bekommen, zum Dank für ein paar Essensreste, die ich einem Obdachlosen öfter mal für seinen Hund mitgegeben habe."

Ich nickte. „Mit dem habe ich gerade eben am Saarufer gesprochen. Sie meinen wohl den mit dem alten Schäferhund namens Leo. Ich hätte ihm offen gestanden gar nicht zugetraut, dass er so gut malen kann."

Sie schüttelte den Kopf. „Den Matze mit seinem Leo meine ich nicht. Matze hat diese Bilder nicht gemalt."

„Ach so, aber vermutlich auch ein Obdachloser wie er?"

„Ja und nein, der Maler ist zwar obdachlos, soweit ich weiß, aber er ist kein typischer Penner, wenn ich es mal so salopp ausdrücken darf. Matze ist lebenslustig und ein offener Typ, der auch gerne mal einen über den Durst trinkt, aber der Maler hier …", sie schüttelte den Kopf und fuhr dann fort, „das ist ein sehr ruhiger und zurückhaltender Mann mit guten Manieren. Er hat auf mich einen sehr intelligenten Eindruck gemacht, denn zu jedem der Bilder, die er mir im Laufe der Zeit vermacht hat, hatte er Hintergrundinformationen, also, wann die Bauwerke entstanden sind, wer sie gebaut hatte und um welche Baustile es sich handelt."

„Das ist in der Tat erstaunlich. Er kommt also regelmäßig hier her, lässt sich von Ihnen Essensreste für den Hund geben und schenkt Ihnen dafür ab und zu ein Bild. Könnte man es so ausdrücken?"

Der Frau schienen meine Fragen zunehmend unbequemer zu werden. „Bitte entschuldigen Sie, Sie sind zwar mein Gast, aber ich verstehe nicht ganz, warum Sie das alles wissen wollen?"

„Natürlich, Sie haben recht, ich vergaß ganz, mich vorzustellen. Mein Name ist Nora Horst und ich stelle die Fragen im Zusammenhang mit einem Ermittlungsfall, den ich bearbeite", erwiderte ich und zeigte ihr meinen Dienstausweis.

Für einen kurzen Moment war sie sprachlos. „Oh je, das konnte ich ja nicht wissen. Bitte entschuldigen Sie meine Reaktion."

„Kein Grund, der Fehler lag ja bei mir", erwiderte ich. „Wann kommt dieser Mann denn normalerweise immer zu Ihnen?"

„Oh, so genau kann ich Ihnen das nicht sagen. Ich denke, er kam immer, wenn er für den Hund was brauchte. Freitags vor dem Wochenende war er meistens da. Immer am frühen Nachmittag, wenn die Essenszeit vorbei war."

„Verstehe. Dann wird er also spätestens am nächsten Freitag wieder zu Ihnen kommen."

Sie schüttelte den Kopf. „Das glaube ich nicht, denn vor ein paar Wochen, als er zum letzten Mal hier war, wirkte er etwas verstört auf mich. Er hat mir erzählt, dass er in nächster Zeit die Gegend hier meiden will."

„Aha. Hat er Ihnen auch einen Grund dafür genannt?"

„Soweit ich ihn verstanden habe, fühlte er sich hier in der Gegend nicht mehr richtig sicher. Er sagte mir, dass er belästigt worden sei, aber nicht, warum und von wem. Ich habe ihn auch nicht danach gefragt."

Ich zeigte ihr die Fotos von Robert Winter auf dem Smartphone. „Ist er das vielleicht?"

„Warten Sie mal", erwiderte sie, nahm mir das Smartphone aus der Hand und setzte ihre Brille auf. Sie scrollte ein paar Mal zwischen den Fotos hin und her. „Ich bin mir nicht ganz sicher, weil man sein Gesicht durch den Hut kaum erkennen kann, obwohl mir seine Statue und die Kleider, die er trägt, bekannt vorkommen. Beim Hund bin ich mir allerdings ganz sicher. Es ist so eine Art Border Collie-Verschnitt mit einem gefleckten Fell", murmelte sie. „Den Hund kann ich jedenfalls wiedererkennen." Sie nickte und gab mir das Smartphone zurück. „Zu neunzig Prozent ist er das, will ich mal sagen. Und beim Hund bin ich mir wie bereits gesagt ganz sicher. Warum wird er denn gesucht? Hat er etwas verbrochen?"

Ich schüttelte den Kopf. „Es geht um einen Mann namens Robert Winter, der mit seiner Frau vor ein paar Jahren spurlos aus Ottweiler verschwunden ist. Und der Mann, der diese Bilder gemalt hat, könnte vielleicht der Vermisste sein."

„Oh Gott, wo gibt es denn so etwas? Aber mit einer Frau habe ich ihn noch nie zusammen gesehen. Da bin ich mir ganz sicher."

„Haben Sie vielleicht eine Ahnung, wo er sich jetzt aufhalten könnte?"

„Nein, tut mir leid."

„Schade. Ich gebe Ihnen mal eine Visitenkarte und möchte Sie bitten, mir sofort Bescheid zu geben, wenn er noch einmal bei Ihnen auftauchen sollte. Aber verraten Sie ihm bitte nichts von unserem Gespräch heute."

„Keine Sorge, das versteht sich von selbst."

„Prima. Dann mache ich mich mal wieder auf den Weg. Was bin ich Ihnen für den Cappuccino schuldig?"

„Ich bitte Sie, Frau Horst. Der geht natürlich aufs Haus."

„Vielen Dank, aber das kann ich wirklich nicht annehmen, denn ich bin im Dienst und …"

Sie unterbrach mich grinsend. „Tut mir leid, aber unsere Kasse ist defekt."

Ich konnte mir ein Schmunzeln kaum verkneifen. „So so, da haben Sie aber Glück, dass ich meinen Lügendetektor nicht mit dabei habe."

„Davon bin ich auch ausgegangen, Frau Kommissarin. Ich wünsche Ihnen jedenfalls alles Gute und viel Glück bei der weiteren Suche", sagte sie und begleitete mich noch bis zum Ausgang.

Kindtaufe

Am nächsten Morgen rief ich meinen Chef im LKA an. „Hallo Sven, wie war es in Hessen?"

„Wunderbar wie immer, Nora", erwiderte er. Immer wenn ich dort angekommen bin, möchte ich eigentlich nicht mehr weg. Aber nach zwei Tagen Nichtstun freue ich mich dann doch wieder darauf, mich mit spannenden Kriminalfällen beschäftigen zu können."

„Womit wir schon beim Thema sind, Sven", sagte ich und berichtete ihm von meinen gestrigen Rechercheergebnissen.

„Na ja, allzu viel können wir damit leider nicht anfangen", seufzte er. „Jammerschade, dass er in dem Lokal nicht mehr anzutreffen ist. Hast du eine Vermutung, was dahinter stecken könnte?"

„Ja, ich glaube, dass es eine Reaktion auf die Begegnung mit seinem älteren Bruder Gerhard gewesen sein könnte. Vermutlich hat er sich gedacht, dass der weiter nach ihm suchen wird und meidet deshalb die Saarbrücker Altstadt."

„Klingt logisch, aber warum verdammt noch mal geht Robert Winter seinem Bruder aus dem Weg und wo zum Teufel steckt seine Frau?"

„Du sollst nicht fluchen! So steht es schon in der Bibel, Herr Kriminalrat."

„So so, ich erinnere mich allerdings dunkel daran, dass in den zehn Geboten nur die Rede vom Verbot zu lügen ist. Das gilt auch für dich. Die Bibel gesetzwidrig umzudeuten schickt sich jedenfalls nicht für eine Oberkommissarin", konterte er. „Gib mir lieber mal eine vernünftige Antwort auf meine Fragen."

„Na schön. Vielleicht gibt es ja einen Konflikt zwischen beiden Brüdern, der möglicherweise auch ein Grund für Roberts Winters Verschwinden ist. Wenn es nur um ihn ginge, könnten wir die Sache eigentlich abhaken. Schließlich ist er ja wieder aufgetaucht und somit noch am leben. Niemand kann ihn zwingen, wieder nach Hause zurückzukehren, wenn er das nicht will. Aber von Samantha Winter fehlt nach wie vor jede Spur. Vielleicht hat sie sich ja unterwegs irgendwann von ihm getrennt und er lebt alleine irgendwo auf der Straße. Ich kann mir nämlich beim besten Willen nicht vorstellen, dass die beiden zusammen in den Tag hinein leben."

Sven nickte. „Das sehe ich auch so, aber wie kommen wir in diesem verzwickten Fall bloß weiter, frage ich dich?"

„Was hältst du davon, wenn ich noch mal zu Gerhard Winter nach Ottweiler gehe und ihn auf unseren Verdacht bezüglich einer Auseinandersetzung mit seinem Bruder anspreche? Außerdem möchte ich mir gerne die Wohnung von den beiden Vermissten etwas näher anschauen, falls sie noch existiert. Aber ich denke mir, dass Winter die Wohnung und die Einrichtungsgegenstände so lange unberührt lassen wird, bis das Schicksal seines Bruders und seiner Schwägerin endgültig aufgeklärt ist, zumal er ja auch von seinem Bruder keine Miete verlangt hatte. Vielleicht werde ich ja dort in irgendeiner Weise fündig."

„Gute Idee, aber das wirst du leider ohne mich machen müssen, denn ich habe gerade eben den glorreichen Auftrag von Dr. Hansberg erhalten, mal wieder einen Kongress zu seinem Lieblingsthema Cold Case vorzubereiten. Vielleicht sollte ich dich ja als saarländische Referentin auch dafür einplanen."

„Bloß nicht! Wenn du das tust, rede ich nie wieder ein Wort mit dir, Herr Vorgesetzter."

Ein schallendes Lachen tönte mir aus dem Hörer entgegen. „Allein das wäre es eigentlich schon wert, meine Liebe. Ich muss aber jetzt gleich mit deinen beiden Kollegen über einen anderen Fall sprechen. Viel Erfolg in Ottweiler", schob er noch nach und legte auf.

Von der Fensterbank meldete sich mal wieder mein neuer Mitbewohner. Das Füttern war mir zwischenzeitlich fast schon zur Gewohnheit geworden. Der kleine Vogel wurde jeden Tag zutraulicher und fühlte sich offensichtlich sehr wohl in meinen Händen. Manchmal schloss er danach die Augen und schmiegte sich in meine Handflächen. Ich hatte von Anfang an Agathe und die Katzen beim Füttern mit dazu genommen und ließ sie immer wieder mal an dem Kleinen schnuppern, damit sie sich an ihn gewöhnten. Keines der Tiere machte jemals Anstalten, ihn zu attackieren. Sie schienen instinktiv zu spüren, dass er unter meinem Schutz steht und nun zur Familie gehörte. Immer wenn ich den Piepmatz in meiner Hand fütterte und die anderen Tiere friedlich dabei saßen und mich neugierig beobachteten, spürte ich die Liebe, die mich mit meinen Schützlingen verband. Mehr noch, ich hatte dabei oft sogar das Gefühl, dass dann auch Björn in meiner Nähe war. Ich konnte ihn weder sehen noch hören, aber ich spürte seine Präsenz, die mir nicht selten eine Gänsehaut und Wehmutsgefühle bescherten. Trotzdem versuchte mein analytischer Verstand immer wieder, sich dagegen zu wehren und meine Empfindungen als Wunschdenken oder als bloße Einbildung abzutun. Und immer wieder gelang es ihm, mich damit schlagartig in die nüchterne Realität zurückzuholen. Die Kriminalistin in mir versuchte halt immer wieder, unumstößliche Beweise für das Außersinnliche zu finden, aber immer wieder vergeblich. Doch diesmal schien mir eine innere Eingebung zu Hilfe kommen zu wollen. *Denk doch mal nach, No-ra, eigene Gefühle, Empfindungen und Wahr-nehmungen, gleich welcher Art auch immer, die kann man keinem anderen beweisen,* kam mir spontan in den Sinn. *Trotzdem sind sie zweifels-frei wahr, wenn auch nur für einen selbst. Und nur das zählt doch letztlich für einen selbst. Nie-mand sonst kann sie dir absprechen, auch wenn andere immer wieder versuchen, dich vom Ge-genteil zu überzeugen oder dich für verrückt zu erklären.* Diese Gedanken erschienen mir wie ein Plädoyer für den Wahrheitsgehalt übersinnlicher Wahrnehmungen zu sein. Auch auf unsere irdi-schen Sinne ist bekanntlich nicht immer zu hun-dert Prozent Verlass, wie mir in all den Berufs-jahren zahlreiche widersprüchliche Zeugenaussa-gen verdeutlicht hatten. Bei weitem nicht immer beruhen sie auf Lügen, denn jeder Mensch hat nun mal individuell unterschiedliche Sinneswahr-nehmungen.

Ich musste unwillkürlich schmunzeln, was mir da gerade so alles spontan durch den Kopf ging. Ob es eine göttliche Eingebung war oder gar ein anderer dahinter steckte? Unwillkürlich fiel mein Blick auf das Foto von Björn, der allerdings keine Miene verzog. Ich verspürte nur sofort wieder eine Gänsehaut, wenn ich es betrachtete. Weiter leider nichts.

Nicht nur die Tiere und ich, auch Andrea und Holger hatten den kleinen Vogel in meiner Hand in ihr Herz geschlossen und schauten tagsüber öfter mal nach ihm, auch um ihn zu füttern, wenn ich mal unterwegs war. Sie kamen nach einem Einkauf gerade wieder vorbei und brachten mir frisches Vogelfutter.

„Ich gehe nachher noch mal raus in den Garten und helfe den Hühnern bei der Regenwürmersuche. Sie gackern zwar immer heftig, wenn ich ihnen was wegnehme, aber sie finden die Würmer einfach viel leichter als ich", sagte Holger. „Wie nennen wir eigentlich unseren Piepmatz hier? Hast du dir schon einen Namen überlegt, Tante Nora?"

Ich schüttelte den Kopf. „Nein, darüber habe ich noch gar nicht nachgedacht."

„Also gut, dann machen wir am besten mal ein Brainstorming für die Namensfindung", schlug Holger vor.

Andrea sah ihn kopfschüttelnd an. „Brainstorming? Was ist denn das schon wieder?"

„Er meint, wir sollen uns spontan ein paar Namen für den Wicht hier einfallen lassen", erklärte ich.

„Dann soll er sich auch gleich verständlich ausdrücken, der Herr Akademiker in Lauerstellung."

Holger lachte. „Schon gut, Mama, aber wenn du im Studium jeden Tag mit derartigen Fachausdrücken zugemüllt wirst, dann geht dir das irgendwann halt in Fleisch und Blut über. Ich fange am besten mal mit einem Vorschlag an. Wir sollten ihn Hugo nennen, finde ich."

„Hugo? Das ist aber ein altmodischer Name", nörgelte Andrea. „Wie kommst du denn darauf?"

Auf diese Frage schien Holger gewartet zu haben. Mit betont wichtiger Miene erklärte er: „Nun, ich habe den kleinen Vogel ja *hinten unter der großen Eiche* gefunden. Und wenn man davon jeweils die ersten Buchstaben nimmt, also das h von hinten, das u von unter, das g von großen und die englische Bezeichnung für Eiche, das ist nämlich ein o für Oak, dann ergibt das hintereinander geschrieben den Namen Hugo. Versteht ihr jetzt, was ich meine?"

Andrea und ich verdrehten fast gleichzeitig die Augen und schüttelten uns vor Lachen, was Holger überhaupt nicht gefiel.

„Warum lacht ihr beide denn so blöd?", meckerte er.

„Weil diese geistreiche Eingebung nur von einem Akademiker in Lauerstellung kommen kann", prustete ich los und wischte mir ein paar Tränen aus den Augen. „Mein lieber Neffe, das ist so genial blödsinnig, dass ich mich tatsächlich damit anfreunden könnte."

„Aber wir wissen doch gar nicht, ob es ein Junge oder ein Mädchen ist", gab Andrea zu bedenken, womit sie wiederum Holger auf den Plan rief.

„Das ist doch gerade das Geniale an meinem Namensvorschlag, wenn etwas hinten unter der großen Eiche gefunden wird, dann kann man es geschlechtsneutral doch wohl so oder so als Hugo bezeichnen."

Andrea und ich hielten uns erneut die Bäuche vor Lachen. „Ich kann nicht mehr, Holger. Mit dieser Art von Brainstorming können deine Mama und ich ohnehin nicht mithalten. Wir geben uns daher kampflos geschlagen und nehmen deinen Vorschlag an, nicht wahr, Andrea?"

Sie nickte und versuchte krampfhaft dabei, das Lachen zu unterdrücken. „Ich muss gestehen, was wir beide uns auch immer einfallen ließen, Holgers geistreicher Namensvorschlag ist ohnehin nicht zu toppen."

Diesmal grinste er über beide Ohren. „Also gut, dann kommen wir jetzt zur feierlichen Namenstaufe", sagte er, setzte eine ernste Miene auf, nahm mir den Piepmatz aus der Hand und träufelte ihm ein paar Wassertropfen über den Kopf. „Hiermit taufe ich dich auf den Namen Hugo", worauf sich der Kleine heftig piepsend schüttelte und ihm zum Dank spontan in die Hand kackte.

Im Gässling

Am späten Nachmittag rief ich in Ottweiler an. „Hallo, Herr Winter, Nora Horst hier. Ich möchte mich gerne möglichst kurzfristig mit Ihnen noch einmal unterhalten und mir auch die Wohnung Ihres Bruders näher ansehen, falls es die noch gibt. Vielleicht ergeben sich ja daraus Ansatzpunkte für weitere Ermittlungen."

„Natürlich, die gibt es noch, und zwar so lange, bis der Fall endgültig aufgeklärt ist", erwiderte er. „Kein Problem. Wann wollten Sie denn vorbeikommen?"

„Am liebsten so schnell es geht, Herr Winter."

„Warten Sie bitte einen Moment, ich schaue mal kurz in meinem Terminkalender nach. Ich könnte es morgen Nachmittag nach 16 Uhr einrichten. Wir müssten uns dann aber gleich an seiner Adresse im Gässling treffen."

„Gerne, dann bräuchte ich nur noch eine Hausnummer von Ihnen."

„Natürlich", erwiderte er und gab mir die Nummer durch. „Sagen wir sicherheitshalber um 16 Uhr 15. Passt Ihnen das?"

„Ja, Herr Winter, dann also bis morgen Nachmittag", sagte ich und legte auf.

Gerhard Winter stand schon vor der Haustür, als ich am nächsten Tag kurz vor halb fünf Uhr nachmittags im Gässling ankam. So schön Ottweiler sicherlich ist, aber diese im Bereich der Ortsmitte etwa in westliche Richtung ansteigende schmale und irgendwie trist und düster zugleich auf mich wirkende Straße passte so gar nicht ins Stadtbild. Die meist älteren und sanierungsbedürftigen Häuser rundeten diesen negativen Eindruck entsprechend ab.

„Bitte entschuldigen Sie, dass es ein paar Minuten später geworden ist. Ich muss wohl in den Berufsverkehr reingeraten sein. Und vor jeder Ampel …"

„Pennt immer einer und verschläft die halbe Grünphase", nahm er mir schmunzelnd den Satz aus dem Mund. „Kein Problem, außerdem lässt eine Frau einen Mann ohnehin auch gerne mal ein bisschen warten. Ich bin nur selbst etwas in Eile, weil ich gerade einen Anruf bekommen habe. Ich muss spätestens um 17 Uhr wieder an unserer Baustelle sein. Aber Sie können sich gerne auch alleine hier umsehen. Die Wohnung ist aufgesperrt, und wenn Sie fertig sind, ziehen Sie bitte einfach die Wohnungstür und die Haustür hinter sich zu. Ich gehe nur noch kurz mit rein und zeige Ihnen auf die Schnelle alles. Alle Schränke sind übrigens offen. Hier wurde ganz bewusst seit dem Verschwinden von Robert und Samantha nichts verändert. Nur zwei- bis dreimal im Jahr lasse ich die Wohnung sauber machen, damit hier nicht alles vergammelt. Wir hoffen ja immer noch, dass die beiden irgendwann wieder auftauchen, gerade auch, nachdem ich Robert vor ein paar Wochen in Saarbrücken wieder gesehen habe."

„Dann lassen Sie mich bitte nur noch zwei Fragen stellen."

„Okay, wenn es nicht länger als fünf Minuten dauert. Dann muss ich nämlich wirklich los."

„Ich mache es kurz. Haben Sie eine Ahnung oder einen Verdacht, warum Ihr Bruder und seine Frau damals so plötzlich verschwunden sind?"

Er schüttelte den Kopf.

„Könnte es vielleicht sein, dass ein Streit zwischen Ihnen der Auslöser war?"

„Nein nein, wie kommen Sie denn auf so eine Idee?", erwiderte er knapp. Nach meinem Dafürhalten reagierte er ein bisschen zu heftig auf die Frage. Offenbar gefiel sie ihm überhaupt nicht.

„Nur so", erwiderte ich „wir möchten halt nichts auszuschließen. Jeder Hinweis ist für uns sehr wichtig."

„Verstehe. War's das von Ihrer Seite?"

„Nur noch eine Frage. Kann es sein, dass Ihr Bruder gerne gemalt hat?"

Er nickte lächelnd. „Oh ja, das hat er. Er hat auch großes Talent, wie ich finde. Schauen Sie sich nur die Bilder an den Wänden hier an. Die meisten sind von ihm. Aber wie kommen Sie denn jetzt ausgerechnet darauf?"

„Ich muss Sie um Ihr Verständnis bitten, Herr Winter, dass ich Ihnen dazu aus ermittlungstechnischen Gründen noch nichts weiter sagen kann."

„Na schön. Wie Sie meinen", erwiderte er mit leicht abweisendem Unterton. „Ich muss jetzt aber wirklich los. Schauen Sie sich in Ruhe hier um. Falls Sie dann noch Fragen haben sollten, rufen Sie mich morgen einfach an. Am besten nach 18 Uhr, dann bin ich in der Regel zu Hause."

Als er gegangen war, wanderten meine Blicke durch die Wohnung. Die kleinen Zimmer mit niedrigen Decken, alten Holzfenstern und knarrenden Dielenböden passten überhaupt nicht zu den wuchtig wirkenden, modernen und offenbar teuren Möbeln. Vermutlich waren sie aus dem Neubau am Betzelhübel, den Robert Winter verkaufen musste. Das winzige Bad schien renoviert zu sein, aber ansonsten wirkte alles sanierungsbedürftig. Im Wohnzimmer gab es einen noch unverputzten Durchbruch zu einem kleinen Balkon, der offenbar neu angebaut worden war. Der Ausgang war mit einer leicht verrosteten alten Stahltür provisorisch verschlossen. Im kleinen Garten, der einen verwilderten Eindruck machte, lagen überall Baumaterialien verstreut, die meisten schon von Unkraut mehr oder weniger überwuchert. Im schmalen Hausflur führte eine steile Holztreppe mit durchgetretenen Stufen ins Dachgeschoss hinauf. Dort oben war nur ein Zimmer als Schlafzimmer eingerichtet, ebenfalls mit fast mondän wirkenden Möbeln. Daneben eine leere Abstellkammer und ein kleines WC. Die Wände waren mit Raufaser tapeziert und wurden von vielen sehr ansprechenden Gemälden geschmückt. Die meisten Motive aus der Ottweiler Altstadt wie die bereits im Lokal in Saarbrücken in ähnlicher Weise dargestellte Kulisse mit dem Wehrturm am Rathausplatz. Auch das Landratsamt, der Stengel-Pavillon, der Schlosshof mit dem Quakbrunnen sowie einige Gassen und Häuser waren sehr ansprechend dargestellt. Es gab aber auch einige eher technisch wirkende Zeichnungen von Brückenbauwerken, die ich den anderen Gemälden nicht so richtig zuordnen konnte.

Im Wohnzimmerschrank entdeckte ich ein paar Fotoalben, die ich durchblätterte. Insbesondere von den jüngsten Aufnahmen, auf denen Robert Winter und seine Frau zu sehen waren, machte ich ein paar Fotos. Ein Ordner mit persönlichen Dokumenten und ein weiterer mit technischen Zeichnungen schienen nicht interessant für die Ermittlungen zu sein. In einem anderen Ordner waren Schulzeugnisse, sein Abschlusszeugnis von der Hochschule und das erteilte Diplom fein säuberlich in Klarsichthüllen eingeordnet. Neben einer Ausfertigung seiner Diplomarbeit gab es noch ein paar Fotos von ihm und einem etwas älter wirkenden Herrn zu sehen, die im Bereich einer Brücke offenbar mit Planungs- und Vermessungsarbeiten beschäftigt waren. Irgendwie kam mir die Brücke bekannt vor, aber mir fiel beim besten Willen nicht ein, wo ich sie schon mal gesehen hatte. Eine Glückwunschkarte mit Foto von Robert Winter und besagtem Herrn auf der Vorderseite fand sich auch noch im Ordner, die mit folgendem handschriftlichen Text versehen war:

Lieber Robert,

herzlichen Glückwunsch zu deinem erfolgreichen Studienabschluss, zu dem ich als dein Dozent, so hoffe ich wenigstens, auch einen Teil beitragen durfte. Heute darf ich gestehen, dass ich von deiner außergewöhnlichen Intelligenz, deinem unermüdlichen Bestreben nach Wissen und nicht zuletzt von deiner liebenswürdigen Art vom ersten Semester an sehr angetan war. Es freut mich ganz besonders, dass du mit mir die Liebe zum Brückenbau teilst und auch deine Diplomarbeit den bautechnischen Aspekten der So-Da-Brücke, be-

kanntlich auch Geisterbrücke genannt, gewidmet hast. Schließlich war sie mein erstes Brücken-bauwerk nach dem Studium, auch wenn sie leider nie ihrer eigentlichen Bestimmung übergeben wurde.

Sehr gerne habe ich dich meinem ersten Arbeits-geber empfohlen und freue mich umso mehr, dass dir dort auch eine Stelle angeboten wurde.

Ich wünsche dir von ganzem Herzen alles Gute und viel Erfolg und hoffe, dass wir beide auch weiterhin in Verbindung bleiben werden.

Die Unterschrift unter der Karte war zwar nicht zu entziffern, aber auf der Rückseite war eine Visitenkarte der HTW Saarbrücken angehef-tet, auf der Prof. Dr.-Ing. W. Pfeifer und weitere Adressdaten zu lesen waren. Vom Diplom und der Karte machte ich ebenfalls ein paar Fotos, bevor ich das Anwesen wieder in Richtung Neunkirchen verließ.

Pfeifer am Triller

Ein Anruf beim Rektor der Hochschule für Technik und Wirtschaft am nächsten Tag ergab, dass Prof. Dr. Ing. Pfeifer bereits vor drei Jahren emeritiert war. Er gab mir seine Privatadresse mit Telefonnummer durch. Wie ich feststellen konnte, stimmten die Angaben noch mit denen auf der Glückwunschkarte überein. Eine noble Adresse im Bereich am Trillerweg, den ich damals ursprünglich auch auf der Suche nach einer geeigneten Immobilie in Saarbrücken im Visier hatte, was sich aber bei Björns und meinen Einkünften als kaum finanzierbar für uns erwiesen hatte.

Als ich die Nummer wählte, meldete sich eine energische Frauenstimme.

„Mein Name ist Nora Horst vom Landeskriminalamt. Kann ich bitte Herrn Pfeifer in einer Ermittlungsangelegenheit sprechen", fragte ich.

„Tut mir leid, aber Herr Professor Dr. Pfeifer ist momentan nicht im Hause. Kann ich ihm etwas ausrichten?"

„Ja, bitte sagen Sie ihm, dass ich ihn in einem Vermisstenfall dringend sprechen möchte. Ich gebe Ihnen mal meine Nummer. Sagen Sie ihm bitte, dass er mich umgehend zurückrufen soll."

„Der Herr Professor ist aber ein vielbeschäftigter Mann, müssen Sie wissen. Ich weiß wirklich nicht, ob ich …"

Weiter kam sie nicht, weil mir bei der Bemerkung spontan der Kamm schwoll. „Viel beschäftigt sind wir doch alle, nicht wahr", säuselte ich betont leise zurück. „Das ändert aber nicht das Geringste daran, dass auch ein Professor der Polizei in Ermittlungsangelegenheiten Rede und Antwort stehen muss. Richten Sie ihm das bitte genau so aus", sagte ich und legte ohne eine Antwort abzuwarten einfach auf.

Noch keine Stunde später klingelte das Telefon.

„Pfeifer am Triller, aber Pfeifer nur mit zwei Eff", hörte ich eine markante Männerstimme sagen. „Sagen Sie mal, was haben Sie denn mit meiner Haushälterin gemacht? Die Gute war ja ganz außer sich, als ich nach Hause kam." Ein schallendes Lachen dröhnte mir danach aus dem Hörer entgegen, was ich als gutes Zeichen wertete.

„Ach wissen Sie, Ihre Haushälterin hat mich bei meinem Anruf abzublitzen versucht. Und das kann ich als LKA-Ermittlerin leider nicht akzeptieren."

Erneutes Lachen und dann: „Ja, ja, so kenne ich die gute alte Seele. Sie wacht seit Jahrzehnten mit Argusaugen über mich und versucht mir immer noch, möglichst viel vom Hals zu halten, obwohl es gar nicht mehr so viel ist, seitdem ich meine Hände in den Schoß gelegt habe. Die Gute geht schon bald auf die achtzig zu, aber sie will sich noch nicht zur Ruhe setzen und glaubt, dass sie noch immer unentbehrlich für mich ist, obwohl ich schon seit ein paar Jahren nicht mehr aktiv bin. Ich bringe es halt einfach nicht übers Herz, sie zu entlassen. Bitte entschuldigen Sie ihr Verhalten."

„Natürlich, Herr Professor", erwiderte ich.

„Und den Professor können Sie sich auch an den Hut stecken. Pfeifer mit zwei Eff genügt vollkommen."

Der Mann schien eine gesunde Portion Humor zu haben. „Vielen Dank, das ist sehr freundlich von Ihnen. Kennen Sie einen Robert Winter? Er hat wohl bei Ihnen an der HTW studiert."

„Robert? Ja natürlich kenne ich den. Der hat doch wohl nichts ausgefressen?"

„Nein, das nicht, aber er wird seit ein paar Jahren vermisst."

„Vermisst? Um Himmels Willen. Seit wann denn und wieso eigentlich?"

„Ihnen das jetzt alles am Telefon zu erzählen, würde zu weit führen. Wir möchten uns daher gerne mal in Ruhe mit Ihnen unterhalten."

„Kein Problem, doch wer ist wir?"

„Mein Vorgesetzter Sven Beckmann und ich", gab ich ihm zur Antwort. „Wann hätten Sie denn mal eine Stunde Zeit für uns?"

„Wann Sie wollen, meinetwegen heute noch."

„So kurzfristig geht es leider nicht, Herr Professor."

„Pfeifer, einfach nur Pfeifer."

„Entschuldigen Sie, die Macht der Gewohnheit, Herr Pfeifer. Wäre es Ihnen übermorgen um zehn Uhr möglich."

„Geht klar, Frau Horst. Dann bis übermorgen", erwiderte er und legte auf.

Anschließend rief ich Sven im LKA an und schilderte ihm meine Ermittlungsergebnisse in Ottweiler.

„Oh je, wieder nichts richtig Verwertbares", stöhnte er. „Da hast du aber erneut eine verdammt harte Nuss zu knacken."

„So sehe ich das auch. Offenbar habt ihr mich gerade für derartige Fälle in die Cold-Case-Falle gelockt, frei nach dem Motto *Denn sie wissen nicht, was sie tun*", sinnierte ich.

„Oh doch, das wussten wir ganz genau, weil uns tatsächlich niemand Besseres zur Verfügung stand", konterte er.

„Na klar, mangels Masse halt."

„Du willst wohl, dass ich dich jetzt korrigiere und stattdessen mangels Klasse sage, so wie ich dich kenne. Nicht wahr, Frau Oberkommissarin?"

„Exakt, du hast es erfasst, Herr Kriminalrat. Hättest du vielleicht übermorgen um zehn Uhr Zeit, mit mir einen ehemaligen Professor von Robert Winter hier am Triller zu befragen. Ich habe nämlich aus den Unterlagen in Ottweiler den Eindruck gewonnen, dass sich die beiden auch über das Dozenten-Studenten-Verhältnis hinaus gut verstanden haben. Vielleicht hilft uns das ja ein Stück weiter."

„Übermorgen sagst du? Das geht bei mir leider nicht. Ich bin auch für den Rest der Woche komplett ausgebucht. Und Anfang nächster Woche bin ich zwei Tage auf Dienstreise. Musst du mich denn unbedingt dabei haben?"

„Nein, natürlich nicht, aber ich weiß doch, wie Vorgesetzte so ticken, wenn es um vergleichsweise angenehme Termine geht. Die nehmen sie üblicherweise sehr gerne wahr."

„Liebe Nora", bekam ich zur Antwort, „du müsstest mich eigentlich besser kennen. Außerdem reicht es mir vollkommen, dass ich deine beiden Kollegen den ganzen Tag wie kleine Jungs an der Hand führen muss. Ich kann dir sagen, ich hätte garantiert weniger Arbeit, wenn ich auf diese hoch engagierten Experten komplett verzichten könnte."

Ich kannte die beiden nur zu gut und wusste, dass er damit nicht übertrieb. Dennoch verkniff ich mir eine passende Antwort und erwiderte, „Tut mir leid, Chef, schlechte Verbindung. Ich habe gerade überhaupt nichts mitbekommen."

Er lachte kurz. „Dein Glück, Nora. Tu mir also bitte den Gefallen und gehe alleine zu diesem Professor. Beim nächsten Termin bin ich aber garantiert wieder dabei", erwiderte er. Ein Klicken in der Leitung signalisierte mir, dass er aufgelegt hatte.

Hausbesuch

Je weiter ich am nächsten Morgen den Trillerweg in Saarbrücken hochfuhr, umso schöner wurden die Häuser. An einer repräsentativen Altbauvilla auf der linken Seite signalisierte mir mein Navi: *Sie haben Ihr Ziel erreicht!* Im relativ großen Vorgarten war ein älterer Herr damit beschäftigt, eine Hecke zu schneiden.

„Bitte entschuldigen Sie, ich suche Herrn Professor Pfeifer", sprach ich ihn an.

„Steht vor Ihnen und ärgert sich über diese blöde Heckenschere, die permanent einen Aussetzer hat", bekam ich zur Antwort.

„Das kenne ich nur zu gut, das liegt wahrscheinlich am Anschlusskabel oder am Stecker, Herr Professor."

„Nicht schon wieder Professor, das war einmal. Jetzt nur noch Pfeifer, Pfeifer …"

„Mit zwei Eff, ich weiß", fiel ich ihm lachend ins Wort.

Erst jetzt drehte er sich nach mir um, nickte und schüttelte mir ein bisschen zu kräftig die Hand. „Haben Sie den Fehler an dieser Scheißmaschine gerade mit elektrischem Sachverstand oder mit kriminalistischem Spürsinn diagnostiziert? Sie sind doch Frau Horst, oder?"

Ich nickte. „Mit einer Mischung von beidem, möchte ich mal sagen. Mein Neffe Holger studiert Elektrotechnik und ist so ein typischer Bastler, der mir oft hilft, wenn irgendwo elektrisch was in Haus und Garten nicht funktioniert. Und von dem habe ich tatsächlich schon einiges gelernt."

„Verstehe, aber Sie wollen sich hoffentlich nicht mit mir über Elektrotechnik unterhalten. Ich bin nämlich ein Baumensch, handwerklich durchaus nicht unbegabt. Nur vor dem Elektrischen habe ich einfach zu viel Respekt."

„Das ist ja auch vernünftig. Nein, Herr Prof..., entschuldigen Sie, Herr Pfeifer, es geht, wie ich Ihnen schon am Telefon gesagt hatte, um Robert Winter, der seit Jahren mit seiner Frau spurlos verschwunden ist."

„Dass er verheiratet ist, wusste ich gar nicht. Ich habe ihn allerdings auch nach seinem Studium aus den Augen verloren. Jammerschade eigentlich. Er war ein sehr guter Student und ein lieber Junge obendrein. Er hat mich in seiner Art immer an meinen einzigen Sohn erinnert, der leider schon in jungen Jahren an Krebs gestorben ist." Er starrte dabei für ein paar Sekunden ins Leere, gab sich aber schnell wieder einen Ruck und fuhr fort. „Vor drei Jahren ist auch meine Frau gestorben, und jetzt sitze ich hier mit meiner Haushälterin in einem viel zu großen Haus und weiß eigentlich gar nicht, was ich auf diesem Planet der Affen so alleine soll."

„Planet der Affen, was meinen Sie denn damit?"

„Na was schon, den ganzen Irrsinn um mich herum mit Kriegen, Corona-, Flüchtlings-, Energie- und Klimakrisen, um nur einen Bruchteil davon zu nennen."

„Und was hat das mit Affen zu tun, wenn ich fragen darf?"

„Sie dürfen, liegt aber doch eigentlich auf der Hand. Dieser ganze Wahnsinn wird doch weltweit letztlich von Affen in Amt und Würden verursacht, oder etwa nicht? Na ja, ich weiß, Sie sind Beamtin und dürfen sich dazu natürlich nicht äußern. Brauchen Sie auch nicht, ich erkenne zumindest an Ihrem Schmunzeln, dass Sie mir nicht heftig widersprechen würden."

„Könnten wir uns darauf einigen, dass wir das einfach so im Raum stehen lassen?"

„Klar!", erwiderte er, seinerseits heftig grinsend. „Kommen Sie bitte mit auf die Terrasse hinter dem Haus, Brunhilde hat dort für uns Kaffee und etwas Kühles zum Trinken sowie ein paar

Plätzchen aufgetischt", sagte er, nahm mich bei der Hand und zog mich ohne eine Antwort abzuwarten hinter sich her. Dort bot sich mir ein herrlicher Blick über die Stadt und nach Süden, in Richtung Frankreich.

„Wunderschön wohnen Sie hier, Herr Pfeifer."

Er nickte. „Wohl war, aber so etwas kann man alleine leider nicht richtig genießen, ich jedenfalls nicht. Wenn Sie im Beruf erfolgreich waren und sich etwas aufgebaut haben, dann merken Sie erst, wie wenig das alles wert ist, wenn Sie die Freude daran mit niemand teilen können. Und mitnehmen zu dem da oben", er blickte kurz in Richtung Himmel und fuhr dann fort, „mitnehmen tut halt keiner von uns etwas."

„Das ist wohl war, Herr Pfeifer, aber dafür treffen wir dort oben alle wieder, die wir hier unten so schmerzlich vermissen. Und das wiegt tausendmal mehr als alle irdischen Güter auf dieser Welt."

Er blickte mich völlig erstaunt an. „Und das glauben Sie wirklich, Frau Horst?"

„Mehr als das, ich bin sogar felsenfest davon überzeugt", erwiderte ich spontan.

„Und woher diese Überzeugung?"

„Ich hatte infolge eines schweren Unfalls eine Nahtoderfahrung", erwiderte ich und wurde mir im selben Augenblick erst so richtig bewusst, dass ich das zum ersten Mal einem mir fremden Menschen gegenüber erwähnte.

„Das ist ja hochinteressant. Ich habe zwar schon davon gehört, aber noch nie mit Betroffenen selbst darüber sprechen können. Sie müssen mir unbedingt mehr darüber erzählen."

„Gerne, Herr Pfeifer, aber nicht hier und nicht heute. Ich bin dienstlich hier und bitte um Ihr Verständnis, dass ich meiner Arbeit den Vorrang einräumen muss."

„Natürlich, aber ich nehme Sie jetzt beim Wort und wir reden mal in privater Runde über dieses spannende Thema. Es gibt dafür nämlich meinerseits einen sehr wichtigen Grund."

„Damit haben Sie mich aber jetzt auch neugierig gemacht. Wir können gerne nachher noch einen privaten Termin ausmachen, aber jetzt erst mal zu Robert Winter. Ich habe in seinen Unterlagen in Ottweiler eine handgeschriebene Glückwunschkarte von Ihnen zu seinem Studienabschluss gefunden. Und deshalb bin ich hier. Warten Sie, ich zeige Ihnen mal ein Foto von der Karte", sagte ich und zeigte ihm das Bild auf meinem Smartphone.

„Tatsächlich, jetzt erinnere ich mich wieder. Was wollen Sie denn von mir wissen?"

„Alles, was zu einer Aufklärung des Falles beitragen könnte", erwiderte ich. „Wie würden Sie ihn denn beschreiben, ich meine, nicht als Student, sondern als Mensch?"

Er rieb sich nachdenklich seinen grauen Dreitagebart. „Ich will´s kurz machen, als hochintelligent, überaus wissbegierig, freundlich und mit guten Manieren. Reicht Ihnen das?"

„Nicht ganz. Erzählen Sie mir doch noch etwas über die Beziehung zwischen Ihnen beiden. Wenn ich Sie eben richtig verstanden habe, könnte man es wohl als ein väterlich freundschaftliches Verhältnis bezeichnen?"

„Das trifft es haargenau, Frau Horst."

„Schön. Und was war der Auslöser dafür, ich meine über die eben genannte Beschreibung hinaus?"

Er nickte. „Ein fachlicher zweifellos. Ich war an der HTW Dozent für konstruktiven Ingenieurbau, spezialisiert auf Brückenbau, um genau zu sein. Ich war nach meinem Studium einige Jahre bei einem großen Bauunternehmen als Brückenplaner und -bauer beschäftigt. Mein erstes Projekt war eine Brücke über die Saar bei St. Arnual, die nie ihrer eigentlichen Bestimmung übergeben werden konnte und seitdem über die Saar praktisch ins Nichts führt. Man bezeichnet sie daher allgemein als So-Da-Brücke, weil sie einfach nur so da ist, ohne ihre ursprüngliche Bestimmung erfüllen zu können. So etwas lässt einen natürlich nicht los als junger Ingenieur und es tut mir heute noch ein bisschen weh, wenn ich daran denke. Wir hatten mit diesem Bauwerk letztlich auf Sand gebaut, um es mal plastisch auszudrücken. Ich durfte nachher zwar noch auf der halben Welt einige weitaus größere und technisch anspruchsvollere Brücken realisieren, aber trotzdem hat die So-Da-Brücke nachhaltige Spuren bei mir hinterlassen. Und weil bei mir halt alles einen Sinn und Zweck haben muss, habe ich mir für meine Brücke etwas ganz Besonderes ausgedacht. Ich denke mal, dass zu einer Brücke, die vom diesseitigen ans jenseitige Ufer ins Nichts führt, eigentlich der Name Geisterbrücke wesentlich besser passt als ein nichts sagender und irreführender Name wie So-Da-Brücke. Und um die Geschichte rund zu machen, hatte ich jungen Studenten in meinen Einführungsvorlesungen eine skurrile Gespenstergeschichte erzählt, nach der die Brücke damals gebaut worden sei, um Verstorbenen den Weg ins Jenseits über die Saar als Grenzfluss zu erleichtern. Ich hatte damit nicht nur die Lacher auf meiner Seite, sondern auch den Bann zwischen den Erstsemestern und mir gebrochen, was mir als Dozent immer sehr wichtig war. Tatsächlich interessiert für die Brücke hat sich letztlich aber nur Robert Winter und mir meistens vor oder nach der Vorlesung diesbezüglich Löcher in den Bauch gefragt. Irgendwie schien ihn meine Geschichte fasziniert zu haben, natürlich nicht der Geister wegen, sondern unter technischen Aspekten, meine ich. Na ja, und dann kam ich eines Tages auf die Idee, mit ihm mal zu meiner Geisterbrücke zu fahren, um ihm vor Ort alles anschaulicher erklären zu können. Er hat mich mit seiner Begeisterung für mein Erstlingswerk förmlich angesteckt. Wir beide waren daher mehr als einmal dort und irgendwann hat er mich gefragt, ob ich ihm nicht eine Diplomarbeit zu diesem Projekt anbieten könne. Was soll ich sagen, er hat bei mir natürlich offene Türen eingerannt. Für einen Dozenten ist es oft mühsam, sich immer wieder neue Aufgaben für seine Studenten auszudenken. Sie können sich vorstellen, dass ich mir als junger Ingenieur damals von meinen Projektunterlagen, also von Skizzen, Plänen, Berechnungen und so weiter, auch Kopien für mich selbst gemacht hatte. Erlaubt ist so etwas eigentlich nicht, aber …", nur kurz hielt er inne und fuhr dann fort: „Darauf konnte ich jedenfalls noch zurückgreifen. Es war insofern recht einfach für mich, ihm den Projektierungsauftrag mit allen Vorgaben für diese Brücke, die ich damals erhalten hatte, als Diplomaufgabe zu vergeben. Die Lösung dafür hatte ich ja damals im Detail selbst ausgearbeitet und hatte daher auch keinerlei Probleme, seine Diplomarbeit entsprechend zu bewerten. Er sollte zudem auch noch näher untersuchen, inwieweit sich die fehlende Brückenbelastung auf deren Alterung im Unterschied zu vergleichbaren Objekten ausgewirkt hat."

„Und wie hat er diese Aufgabe gelöst?", fragte ich.

„Mit Bravour hat er das gemacht und mir nebenbei sogar die eine oder andere Schwachstelle bei meiner damaligen Projektierung aufgezeigt, wenn auch keine gravierenden. Seine Diplomarbeit konnte ich jedenfalls mit einer glatten Eins bewerten. Sein Diplom hat er, soweit ich mich erinnere, auf jeden Fall auch mit einer Eins vor dem Komma abgeschlossen. Ich habe ihm danach eine Stelle bei meinem alten Arbeitgeber vermittelt. Wir hatten anfänglich noch hin und wieder telefonischen Kontakt und er hatte mich auch mal hier besucht, aber irgendwann ist unsere Verbindung leider völlig abgebrochen. So, jetzt wissen Sie wirklich alles, was ich Ihnen über ihn erzählen kann. Ich hoffe, das hilft Ihnen ein bisschen weiter."

„Das hoffe ich zwar auch, Herr Pfeifer, aber momentan vermag ich dafür noch keine konkreten Anhaltspunkte zu erkennen. Ihre Informationen muss ich erstmal in Ruhe sacken lassen. Ich danke Ihnen jedenfalls und würde mich bei Fragen vielleicht noch einmal bei Ihnen melden."

„Gerne, zumal Sie mir ja noch ein Gespräch über Ihre Nahtoderfahrung schuldig sind. Sollten wir das nicht mal bei einem Glas Wein irgendwo in der Altstadt führen? Ich kenne da ein nettes kleines Lokal, wo wir beide uns in aller Ruhe darüber unterhalten können."

„Einverstanden. Nächste Woche habe ich ein paar Tage frei. Da lässt sich so etwas einrichten."

„Sehr schön. Geben Sie mir einfach telefonisch durch, wann es bei Ihnen am besten passt."

„Mache ich. So, jetzt muss ich mich aber wieder auf den Weg machen."

„Schade. War schön, mit Ihnen zu reden, Frau Horst, auch wenn es ein Verhör war."

Ich schüttelte den Kopf. „Nein, kein Verhör. Sie sind ja kein Verdächtiger für uns."

„Das beruhigt mich ungemein. Ich gehe noch mit Ihnen zum Auto", sagte er und winkte mir lange nach, als ich den Trillerweg wieder hinunter Richtung Innenstadt fuhr.

Hugo räumt auf

„Wieder mal außer Spesen nichts gewesen, Nora", kommentierte Sven meinen Anruf am nächsten Tag, nachdem ich ihn über das Gespräch mit Professor Pfeifer informiert hatte.

„Das fürchte ich auch und muss offen zugeben, dass ich im Moment wirklich nicht weiß, wie ich in diesem Fall weiter vorgehen soll. Doch dafür habe ich ja zum Glück einen Vorgesetzten."

„Fängst du schon wieder zu stänkern an?", bekam ich spontan zur Antwort. „Im Ernst, ich stehe momentan auch auf dem Schlauch", schob er nach. „Vielleicht lässt du das Ganze erst mal sacken und beschäftigst dich mit den anderen Fällen, die noch auf deiner To do-Liste stehen."

„Ja, vielleicht hast du recht, Sven. Oder sollten wir mal mit einer Suchmeldung an die Presse gehen?"

„Keine gute Idee, Nora. Wir suchen ja jemand, der zwar seit Jahren vermisst wird, aber noch vor ein paar Wochen von seinem eigenen Bruder gesehen wurde. Was glaubst du, wie die Öffentlichkeit darauf reagieren würde? Ich sehe förmlich schon die Schlagzeile vor mir: *Polizei sucht jahrelang vergeblich nach einem Vermiss-*

ten, der praktisch vor ihrer Haustür seinem Bruder über den Weg läuft! Das kannst du vergessen. Außerdem bekäme das ja vermutlich auch der Gesuchte mit und würde sich schnellstens wieder aus dem Staub machen."

„Leider. Zum Glück habe ich ja die nächsten paar Tage frei. Vielleicht schenkt mir der Himmel ja dann eine göttliche Eingebung."

„Du solltest im Urlaub lieber mal richtig abschalten, Nora. Fährst du weg?"

„Nein Sven, ich muss ja meine Tiere versorgen. Du wirst es nicht glauben, aber das ist weitaus schöner für mich, als mich alleine irgendwo herumzutreiben."

„Kann ich durchaus nachempfinden. Dann wünsche ich dir einen tierisch schönen Kurzurlaub."

„Danke dir. Ich melde mich übernächste Woche noch mal bei dir", erwiderte ich und legte auf.

In den paar Wochen, seitdem ich Hugo unter meine Fittiche genommen hatte, war er zu einem richtig schönen Jungvogel herangewachsen, der eigentlich nur Flausen im Kopf hatte. Irgendwann hatte ich den Käfig nach dem Füttern zu schließen vergessen. Das nutzte er sofort aus, hüpfte aus dem Käfig zuerst auf die Fensterbank und von dort mit einem mächtigen Satz Richtung Küchentisch, den er allerdings knapp verfehlte und zu Boden stürzte. Von dort spazierte er neugierig durchs Zimmer, pickte der schlafenden Nicky in den Schwanz, die wie von einer Tarantel gestochen aufsprang. Laut miauend raste sie ins Wohnzimmer und Hugo im Eilmarsch hinterher. Dort jagten sich die beiden abwechselnd um den Wohnzimmertisch und es schien ihnen gleichermaßen Spaß zu machen. Beide machten jedenfalls keinerlei Anstalten, den jeweils anderen aggressiv zu attackieren oder gar zu verletzen, was mich außerordentlich beruhigte. Nicky und Hugo hatten eindeutig Freundschaft geschlossen, aber wie würden Rocky und Henry auf den Gefiederten außerhalb des Käfigs reagieren? *Hilft ja alles nichts, es kommt auf einen Versuch an, denn schließlich kannst du Hugo nicht noch länger den ganzen Tag eingesperrt im Käfig lassen,* dachte ich mir. Aber ich wollte es zumindest langsam angehen und erst am nächsten Tag einen weiteren Versuch mit allen Stubentigern machen.

„Komm Hugo, geh jetzt schön wieder in deinen Käfig zurück. Für heute reicht es", sagte ich zu dem Flattermann. Als ich ihn mit den Händen greifen und in den Käfig setzen wollte, pickte mir der Frechdachs in die Hand und hüpfte auf den Küchentisch. „Na warte, dich kriege ich schon", schimpfte ich und wollte erneut zugreifen, aber Hugo wich mir immer wieder geschickt aus. Offenbar bereitete ihm das Fang-mich-Spiel mit seiner Ersatzmama tierischen Spaß. Nach ein paar Minuten gab ich entnervt auf und setzte mich an den Tisch, um etwas zu trinken. Prompt kam er angetrippelt, legte den Kopf schief und musterte mich ausgiebig. „Du bist ein böser Vogel", schimpfte ich mit ihm, was ihn allerdings kein bisschen zu beeindrucken schien. Im Gegenteil, plötzlich hüpfte er mir mit einem Satz auf die Schulter, um mir am Ohr zu knabbern, zuerst sehr zaghaft, aber dann immer heftiger, als er versuchte, mir einen der beiden Perlenohrringe vom Ohr abzupicken. Mir blieb nichts anderes übrig, als die Ohrringe auszuziehen und danach mit der Rabenkrähe auf meiner Schulter ein Gespräch unter vier Augen zu führen. Und je sanfter und leiser meine Stimme wurde, umso näher kam er und schmiegte sich an meinen Kopf. Ein kleiner Liebesbeweis, der mir unendlich viel bedeutete und mir spontan Gänsehautgefühle bescherte. So etwas wäre vor meinem Unfall undenkbar gewesen. Ich hatte früher zwar keine Angst vor Tieren und fand sie auch ganz nett, aber es wäre mir nie möglich gewesen, derart intensive Gefühle für sie zu entwickeln, ganz im Gegensatz zu Björn, über den ich mich deswegen öfter lustig gemacht hatte. Erst jetzt begriff ich so richtig, was ihm seine Tiere bedeuteten. Zärtlich streichelte ich Hugo mit dem Finger über den Kopf, worauf er seine Augen schloss, um meine Streicheleinheiten zu genießen.

„So, Hugo, jetzt musst du aber wirklich wieder in den Käfig zurück, denn die Mama muss noch ein bisschen arbeiten", sagte ich, ging mit ihm auf der Schulter zum Käfig und hielt ihm die offene Handfläche hin. Tatsächlich sprang er mir auch gleich auf die Hand und ließ sich problemlos wieder in den Käfig setzen.

„Hast du dich eben tatsächlich dem Kleinen gegenüber als Mama bezeichnet?", hörte ich Andrea schmunzelnd sagen. Sie war offenbar unbemerkt ins Zimmer gekommen und hatte mich beim Schmusen mit Hugo beobachtet.

Ich musste unwillkürlich grinsen und erwiderte: „Ich fürchte, ja, liebe Schwägerin."

„Es gibt überhaupt keinen Grund, sich dafür zu rechtfertigen oder zu schämen, Nora. Ganz im Gegenteil, ich finde deine Wandlung einfach wunderbar. Dein Verhalten erinnert mich jeden Tag mehr an Björn, der auch immer mit den Tieren geredet und sich als ihren Papa bezeichnet hat."

„Du hast recht, Andrea, ich kann es jetzt genau so empfinden wie er damals. Leider haben wir ja keine Kinder bekommen, sodass ich im Grunde genommen überhaupt nicht wissen kann, was Mutterliebe tatsächlich bedeutet. Aber im Umgang mit den Tieren werden jeden Tag mehr Mutterinstinkte in mir wach, glaube ich."

Andrea nickte, umarmte mich und drückte mir einen Kuss auf die Wange. „Ja, Nora, so kommt es mir auch vor und ich bin mir ganz sicher …", sie stockte für einen kurzen Moment, hob den Blick Richtung Zimmerdecke und fuhr dann fort, „ich wollte sagen, ich glaube, dass dein Verhalten auch Björn da oben sehr gefallen wird."

„Du wirst es kaum glauben", erwiderte ich, „aber immer dann, wenn ich mich mit den Tieren so intensiv beschäftige, fühle ich mich ihm ganz besonders eng verbunden."

An der Geisterbrücke

Ein paar Tage später klingelte gegen Abend das Telefon. „Pfeifer vom Triller", schallte es mir entgegen.

„Pfeifer vom Triller? Kenne ich nicht! Mir ist nur ein Pfeifer am Triller bekannt, und zwar einer mit zwei Eff."

„So so, Frau Kommissarin, Sie wollen mich wohl verleugnen, aber das wird Ihnen nicht gelingen. Also, wenn Sie mich anrufen, dann melde ich mich natürlich mit Pfeifer am Triller, aber wenn ich Sie anrufe, dann bin ich der Pfeifer vom Triller, weil ich ja vom Triller aus anrufe. Ist doch wohl logisch, oder?"

Ich konnte mir ein Lachen nicht verkneifen. „Ungemein logisch, aber Sie wohnen ja nicht am Triller, sondern im Trillerweg. Das kann ich Ihnen leider nur als falsche Angabe auslegen. Außerdem bin ich Oberkommissarin, Herr Professor."

„Ich geb´s auf", stöhnte er. „Ich wollte mich ja eigentlich nur darüber beschweren, dass Sie sich noch nicht bei mir gemeldet haben."

„Ich, warum sollte ich Sie denn anrufen? Ich habe im Moment keine weiteren Fragen zum Fall Robert Winter."

„Aber ich habe welche zur Nahtoderfahrung von Frau Nora Horst und möchte mich mit Ihnen auch gerne über eine …", er zögerte für ein paar Sekunden und fuhr dann fort, „ ich möchte es mal eine spirituelle Begegnung nennen, von der ich Ihnen erzählen und Ihre Meinung dazu hören möchte. Sie erinnern sich doch hoffentlich noch an Ihr Versprechen?"

„Oh ja, tut mir leid, Herr Pfeifer, ich fürchte allerdings, dass ich ohne Ihren Anruf nicht mehr daran gedacht hätte."

„Das hatte ich auch befürchtet und möchte Ihnen daher gleich einen Termin vorschlagen. Was halten Sie von morgen Nachmittag gegen fünfzehn Uhr. Ich habe nämlich morgen Vormittag in Ottweiler zu tun und würde Sie gerne im Anschluss daran von dort abholen und natürlich auch wieder nach Hause bringen. Wir würden dann nach St. Arnual fahren und uns dort mal meine Geisterbrücke anschauen, falls es Sie interessiert. Und im Anschluss lade ich Sie zu einem Glas Wein am Marktplatz vor der Stiftskirche in St. Arnual ein. Na, was sagen Sie dazu?"

Eigentlich hatte ich gar keine Lust dazu, obwohl ich es ihm versprochen hatte. Also versuchte ich, vom Thema abzulenken. „Ich dachte, Sie wären im Ruhestand. Was machen Sie denn in Ottweiler, wenn ich fragen darf?"

„Sie dürfen. Ich bin dort noch ein bisschen bei einem größeren Bauunternehmen beratend tätig. Keine große Sache und auch nicht des Geldes wegen, aber immer nur zu Hause herumzulungern …, ich fürchte, dann würde mir die Decke irgendwann auf den Kopf fallen. Außerdem tut den grauen Zellen da oben ein bisschen Anstrengung auch ganz gut", erwiderte er und klopfte sich demonstrativ dabei an die Stirn. „Aber Sie sollten jetzt nicht weiter vom Thema ablenken und mir spontan für morgen zusagen", schob er grinsend nach.

„Na schön, Herr Pfeifer, aber ich müsste spätestens gegen zwanzig Uhr wieder zu Hause sein, um meine Tiere zu versorgen."

„Kein Problem, Frau Horst, das schaffen wir locker. Ich freue mich sehr. Also dann bis morgen Nachmittag."

Gegen sechzehn Uhr am nächsten Tag parkten wir in der Nähe vom St. Arnualer Marktplatz. „Wissen Sie was, Frau Horst, wir sollten uns bei diesem schwülen Wetter erst einmal einen kühlen Schluck gönnen und dann an der Saar entlang zur Brücke spazieren, denn die befindet sich hier in unmittelbarer Nähe."

„Nichts dagegen einzuwenden. Aber vorher möchte ich gerne noch einen Blick in die Kirche werfen. Ich muss zu meiner Schande gestehen, dass ich zum ersten Mal hier bin. Ich muss sagen, die Kulisse hier am Markt ist wunderschön, fast wie gemalt. "

Er nickte. „Ja, finde ich auch. Ich war früher öfter hier, als meine Frau noch gelebt hat. In die Kirche gehen wir natürlich auch noch, sie ist wirklich sehr sehenswert."

Nachdem wir etwas getrunken hatten, betraten wir die Stiftskirche. Die kühle Luft und das spärliche Licht im Inneren bescherten mir eine leichte Gänsehaut, die durch den Anblick der zwar beeindruckenden, aber auch düster wirkenden Grabdenkmäler und den auf steinernen Särgen ruhenden Figuren von Verstorbenen aus der ehemaligen Grafschaft Saarbrücken noch verstärkt wurde.

Die Sonne blendete und wärmte uns zugleich, als wir wieder ins Freie traten. „Ich hoffe, es ist nicht mehr allzu weit bis zur Brücke. Es fällt mir seit dem Unfall noch immer ein bisschen schwer, größere Strecken zu Fuß zu bewältigen", sagte ich.

Er schüttelte den Kopf. „Keine Sorge, nur ein paar Minuten. Sie dürfen sich aber auch gerne bei mir einhaken", erwiderte er und ergriff meinen linken Arm, ohne eine Antwort abzuwarten.

So neugierig wie ich auf die Brücke gewesen war, so groß war aber auch meine Enttäuschung, als wir über das nach oben leicht geschwungene Bauwerk auf die andere Saarseite gingen.

„Es ist eine Betonbogenbrücke", klärte mich mein Begleiter auf. „Na, wie gefällt sie Ihnen?"

„Na ja, sie wirkt ein bisschen unscheinbar auf mich, ohne unhöflich sein zu wollen. Etwas Geisterhaftes vermag ich jedenfalls nicht zu erkennen."

Er lachte. „Natürlich nicht, sie ist letztlich ja nichts weiter als eine stinknormale und völlig unspektakuläre Bogenbrücke über die Saar und war insofern genau das richtige Objekt für einen jungen Brückenbauer wie mich damals. Das Geisterhafte resultiert halt aus dem Enden der Brücke im Nichts, wie Sie sehen. Vielleicht ist es ja unter der Brücke ein bisschen geisterhafter für Sie. Kommen Sie, wir gehen mal runter", sagte er und reichte mir die Hand, als wir die Böschungstreppe zur Saar hinuntergingen.

„Eine Bank zum Hinsetzen gibt es hier wohl nicht?"

„Leider nein, nur auf der anderen Saarseite, dort wo der Radweg entlang der Saar führt. Aber wir könnten uns ja hier ein paar Minuten auf die Stufen setzen und uns unterhalten, wenn es Ihnen nichts ausmacht. Unter der Brücke im Schatten ist es ohnehin ein bisschen zu kühl und ungemütlich. Wissen Sie, ihr Nahtoderlebnis nach dem Unfall, das Sie beim letzten Mal kurz erwähnt hatten, lässt mir einfach keine Ruhe. Aus einem ganz bestimmten Grund, um ehrlich zu sein. Aber darauf möchte ich erst später zurückkommen. Würden Sie mir Ihr Nahtoderlebnis bitte mal etwas ausführlicher schildern?"

Ich nickte und erzählte ihm meine Geschichte, während seine Blicke dabei die ganze Zeit starr auf den Fluss gerichtet waren. Als ich geendet hatte, schwieg er eine Weile und nickte unentwegt mit dem Kopf dabei. „Darf ich Ihnen dazu ein paar Fragen stellen, Frau Horst?" Ohne eine Antwort von mir abzuwarten schob er gleich die erste Frage nach. „Wenn ich es richtig verstanden habe, dann sind Sie bei dem Unfall aus dem Wagen geschleudert worden und befanden sich plötzlich außerhalb Ihres Körpers. Richtig?"

„Richtig, Herr Pfeifer!"

Er zögerte ein paar Sekunden und fuhr dann fort. „Und Sie konnten tatsächlich auf Ihren eigenen Körper und den Ihres toten Mannes blicken?"

Ich nickte.

„Aber Sie hatten mir doch auch erzählt, dass Sie danach mit ihm auf eine Art goldenes Tor zugelaufen seien und er dort zurückblieb, während Sie sich plötzlich wieder in Ihrem Körper befanden. So habe ich es jedenfalls verstanden."

„Genau so war es auch, Herr Pfeifer."

Er blickte mich lange nachdenklich an. „Sie haben ihn also zunächst völlig leblos im Wagen liegen gesehen und sind kurz darauf mit ihm durch ein Tor gelaufen. Es fällt mir offen gestanden schwer, das zu verstehen."

Da war sie wieder, diese Skepsis, die mir schon nach dem Unfall von Ärzten und Pflegern entgegengebracht wurde, wenn ich davon erzählen wollte. Die heitere und unbeschwerte Stimmung, die ich bei diesem Ausflug noch kurz zuvor genießen konnte, war mit einem Schlag wie weggewischt. „Ich kann Ihnen darauf leider keine plausiblere Antwort geben, Herr Pfeifer. Ich kann ja verstehen, dass man so etwas nicht begreifen kann oder will, wenn man es nicht selbst so erlebt hat. Ich danke Ihnen jedenfalls für den schönen Nachmittag und würde jetzt gerne wieder nach Hause zurück."

Er schüttelte heftig den Kopf und ergriff meine Hand. „Ich muss mich entschuldigen, falls ich jetzt bei Ihnen in ein Fettnäpfchen getreten sein sollte, denn alles andere als das liegt in meiner

Absicht. Sie glauben ja gar nicht, wie wichtig mir unser Gespräch ist, aber Sie werden es vielleicht besser verstehen, wenn ich Ihnen meine Geschichte erzähle. Geben Sie mir bitte die Gelegenheit dazu."

„Also gut, Herr Pfeifer."

„Ich hatte Ihnen ja beim letzten Mal erzählt, dass mein Sohn schon in jungen Jahren an Krebs gestorben ist. Das hatte neben dem unbeschreiblichen Schmerz, mit dem wir fertig werden mussten, leider auch negative Rückwirkungen auf die Beziehung zwischen meiner Frau und mir. Während ich mich wie ein Irrer in meine Arbeit flüchtete und kaum noch zu Hause war, litt sie praktisch unter dem doppelten Verlust, wenn ich es mal so ausdrücken darf. Sie kapselte sich mehr und mehr von Freunden, Verwandten und Bekannten ab und letztlich auch von mir. Sie führte ein regelrechtes Schattendasein in unserem Haus und erkrankte schließlich an Demenz. Und so kam ich auch zu meiner Haushälterin, die ich als Betreuerin für meine Frau einstellte, die im Laufe der Zeit immer mehr unter der Krankheit zu leiden hatte und mich am Schluss nicht einmal mehr erkannte. Ich habe mich nach meiner Emeritierung zwar besonders um sie gekümmert, aber ich war nur noch ein Fremder für sie. Ich kann Ihnen gar nicht sagen, wie weh so etwas tut. In der Nacht, als sie starb, saß ich an ihrem Bett und war ein bisschen eingenickt. Plötzlich wachte ich auf, als sie meine Hand ergriff und sie zärtlich küsste. Sie saß aufrecht im Bett mit strahlenden Augen. Der ganze Raum war plötzlich mit einem warmen Licht erfüllt und ich sah für einen kurzen Augenblick meinen verstorbenen Sohn, der sich über sie beugte und sie umarmte. Im selben Augenblick fiel ihr Oberkörper rücklings aufs Bett zurück. Ich sah ihre weit geöffneten starren Augen und wusste sofort, dass sie tot war. Wir haben zwar gleich den Notarzt verständigt, der ein paar Minuten später vor Ort war, aber nur noch ihren Tod bestätigen konnte." Er verstummte plötzlich und starrte noch immer aufs Wasser. In seinen Augenwinkeln waren Tränen zu erkennen, die er krampfhaft zu unterdrücken versuchte. Dann blickte er mich an und fragte: „Glauben Sie auch, dass das Hirngespinste waren, Frau Horst?"

Ich schüttelte den Kopf. „Vor meinem Unfall hätte ich Sie jetzt bestimmt damit zu trösten versucht, aber nachdem was Sie mir gerade in bewegenden Worten geschildert haben, habe ich keinen Zweifel daran. Gerade auch, weil ich zumindest ähnlich Unglaubliches erlebt habe. Es sei denn, es wäre ein Traum gewesen."

„Nein, einen Traum kann ich definitiv ausschließen, obwohl mir der Arzt damals auch so etwas einreden wollte. Er gab mir zu verstehen, dass es in so einer Ausnahmesituation hin und

wieder vorkommen könne, dass derartige Trug-
bilder bei Betroffenen ausgelöst werden könnten.“

„Das kenne ich nur zu gut. Ich habe damals
fast das Gleiche zu hören bekommen, wobei man
bei mir auch noch mit möglichen Medikamenten-
einflüssen zu argumentieren versuchte.“

„Und wie würden Sie diese mysteriöse Erfahrung
aus Ihrer Sicht einstufen?“

„Na ja, ich bin schließlich kein Psychiater,
aber ich verstehe es so, dass Ihre Frau von Ihrem
verstorbenen Sohn abgeholt worden ist und dass
Ihre Frau Sie in diesem Moment trotz schwerer
Demenz noch einmal klar erkannt, sich für Ihre
Fürsorge bedankt und sich von Ihnen verabschie-
det hat. Und meiner Meinung nach war die kurze
Wahrnehmung Ihres verstorbenen Sohnes ein
Nachtodkontakt.“

Er nickte stumm, umarmte mich und bedankte
sich mit einem Kuss auf meine Stirn. „Sie haben
mir gerade aus der Seele gesprochen, Frau Horst.
Vielleicht verstehen Sie jetzt, warum ich unbedingt mit Ihnen darüber reden wollte. Ich hatte es
nach dem Tod meiner Frau auch noch bei einem
alten Freund und einem ehemaligen Kollegen von
der HTW anzusprechen versucht, bin aber bei
beiden auf kein Verständnis gestoßen. Sie haben
mich sofort blockiert und mir zu verstehen gege-

ben, dass sie mich für verrückt halten, auch wenn sie es nicht wörtlich ausgesprochen haben. Seitdem trage ich es alleine mit mir herum, bis ich Sie getroffen habe. Und Sie hat mir wohl der Himmel geschickt."

Ich konnte mir ein Schmunzeln nicht verkneifen. „Ich fürchte, da verwechseln Sie etwas, Herr Professor, es war nicht der liebe Gott, sondern die Kripo", erwiderte ich, was er mit einem schallenden Lachen quittierte.

„Na schön, Frau Oberkommissarin, nachdem Sie mich so brutal in die Realität zurückgebeamt haben, schlage ich vor, dass wir uns jetzt unter der Brücke ein bisschen umschauen. Kommen Sie mal mit", sagte er und zog mich an der Hand zur Brücke hinunter.

Obwohl das Geisterhafte an dieser Brücke oberhalb des Bauwerks vergeblich zu suchen war, faszinierte mich weitaus mehr der Blick von unten über die Saar zum anderen Ufer hin. „Wieso liegt denn die Brücke nicht fest auf den Stützen ganz am Ende auf?", fragte ich, obwohl ich mich nicht besonders für technische Aspekte interessierte. Aber dem Experten wollte ich damit ganz bewusst Gelegenheit geben, einerseits sein Wissen unter Beweis zu stellen und ihn andererseits auch ein bisschen von unserem spirituellen Thema abzulenken, das ihn offensichtlich tief berührt hatte.

„Na Sie wären mit so einer Frage bei mir schon gleich nach der Einführungsvorlesung in Ungnade gefallen", brummte er.

„Das habe ich mir gedacht und bin dem ja deshalb auch mit der Entscheidung für eine Polizeilaufbahn aus dem Weg gegangen", konterte ich.

„Respekt, dieser Einwand war wirklich nicht von schlechten Eltern", erwiderte er und klopfte mir dabei ein kleines bisschen zu fest auf die Schulter. „Na schön, Sie kriegen jetzt eine klitzekleine Einführung in die Brückenbaukunst. Eine Brücke liegt an ihren beiden Enden auf so genannten Widerlagern auf, welche die Lasten des Brückenüberbaus in den Baugrund ableiten. Und dieser Überbau liegt nicht direkt auf den Widerlagern, sondern auf Rollen- oder Gleitlagern auf. Warum wohl, frage ich Sie?"

Ich zuckte die Schultern. „Keine Ahnung, vielleicht, dass man den Überbau zum Justieren besser hin- und herrücken kann."

„Ein sehr interessanter Aspekt. Darüber sollte man mal ernsthaft nachdenken", erwiderte er und konnte sich ein Lachen nur mühsam verkneifen. „Ich will es Ihnen verraten, eine Brücke ist ja das ganze Jahr über der Witterung und damit auch erheblichen Temperaturunterschieden ausgesetzt, von minus zwanzig Grad im Winter bis zu plus vierzig Grad im Sommer, um es mal grob einzugrenzen. Daraus resultieren entsprechend große Ausdehnungen des Überbaus, die so ein Lager im Gegensatz zu einer festen Unterlage problemlos zulässt."

„Okay, das habe ich, so glaube ich jedenfalls, ganz gut verstanden, aber das reicht mir dann auch an technischen Erklärungen. Ich müsste jetzt nämlich wirklich wieder nach Hause zurück."

„Natürlich, Frau Horst, lassen Sie mich nur noch einen kurzen Blick auf die Konstruktion richten, wenn ich schon mal hier bin", erwiderte er und bestieg von der Seite aus das Widerlager, wobei er die Taschenlampe an seinem Smartphone einschaltete und in eine der Nischen im Widerlager leuchtete. „Donnerwetter, hier war ja neben den Schmierfinken offenbar auch ein echter Künstler am Werk", hörte ich ihn sagen.

Mit den Schmierfinken meinte er wohl die mehr oder weniger gelungenen Graffitis, die das Brückenbauwerk zierten. Kurz darauf stand er wieder neben mir und zeigte mir auf seinem Smartphone ein paar Fotos, die er gerade gemacht hatte. Mir verschlug es fast die Sprache, als ich Sie betrachtete. Es waren unter anderem auch die zwei Motive dabei, die mir schon in dem kleinen Lokal in der Saarbrücker Herbergsgasse aufgefallen waren, nämlich die markante Kulisse am Rathausplatz in Ottweiler mit dem alten Wehrturm sowie das Landratsamt mit dem Witwenpalais. Und die Maltechnik deutete selbst für einen Laien wie mich eindeutig darauf hin, dass es sich auch hier um den gleichen Künstler handeln musste. Ich ließ mir bewusst nichts anmerken und bat meinen Begleiter eher beiläufig darum, mir die Fotos auf mein Smartphone zu übertragen, weil ich sie so schön finden würde. Danach gingen wir über die Brücke wieder zu seinem Auto zurück. Knapp eine Stunde später setzte mich Herr Pfeifer vor meinem Haus ab.

„Es war nicht nur ein schöner Nachmittag, sondern auch ein hochinteressantes Gespräch mit Ihnen, das mich tief bewegt hat, Frau Horst. Dafür danke ich Ihnen", sagte er zum Abschied.

Urlaubsrapport

„Um Himmels Willen, Nora, warum meldest du dich denn aus dem Urlaub bei mir", stöhnte Sven bei meinem Anruf am nächsten Morgen. „Du solltest dich doch mal richtig erholen. Ist denn deine Sehnsucht nach mir tatsächlich so groß?"

„Was glaubst du denn, mein Lieber", erwiderte ich. Ich hatte es tatsächlich kaum erwarten können, meinem Chef von den eher zufälligen Erkenntnissen an der Geisterbrücke zu berichten.

„Und du glaubst wirklich, dass Robert Winter diese Bilder an der Brücke gemalt hat?"

„Hundert Prozent, denn nicht nur die Maltechnik, sondern auch die Initialen auf den Brückenbildern sind identisch. Ich habe nämlich gestern Abend noch die Fotos von den Zeichnungen im Lokal mit denen an der Geisterbrücke verglichen. Es gibt für mich jedenfalls keinen Zweifel. Ich habe dir die Fotos übrigens auch per E-Mail zugeschickt."

„Danke, Nora. Ich schaue Sie mir nachher mal an. Du bist ja am Montag wieder offiziell im Dienst. Ich melde mich dann wieder bei dir. Vielleicht fällt mir bis dahin ja ein, wie wir in diesem Fall weiter vorgehen sollten."

„Ich hätte da vielleicht eine Idee, Sven."

„Du hättest Urlaub machen und keine Ideen schmieden sollen. Tut mir leid, aber ich muss dich jetzt einfach so abwürgen, denn die Pflicht ruft. Genieß die zwei Tage und das Wochenende noch. Vielleicht komme ich ja am Montagnachmittag mal kurz bei dir vorbei, denn ich muss noch ins Polizeirevier nach Illingen.

„Prima. Zum Kaffee um drei Uhr?"

„Mitten in der Nacht? Nee, aber um fünfzehn Uhr schon eher, falls es dann zum Kaffee auch Kuchen gibt."

„Lässt sich einrichten, Sven. Marmorkuchen oder Käsekuchen?"

„Exakt in der Reihenfolge, Frau Oberkommissarin", erwiderte er und legte kichernd auf.

Pünktlich am nächsten Nachmittag meldete Agathe mit lautem Schnattern seine Ankunft. „Warte Agathe, ich habe dir auch etwas mitgebracht", sagte er, griff in seine Hosentasche und legte einen saftigen Apfel vor ihr auf den Boden, nach dem sie sofort schnappte und sichtlich zufrieden schnatternd in Richtung Ententeich watschelte.

Bei Kaffee und Kuchen unterhielten wir uns über den Fall. „Und du meinst, dass Robert Win-

ter tatsächlich mit seiner Frau unter der Geisterbrücke haust, Nora?", fragte er, während er sich
das bereits das dritte Stück Marmorkuchen einzu-
verleiben begann. Erst jetzt bemerkte er, wie ich
ihn amüsiert dabei beobachtete. „Sorry, Nora, ich
habe heute Morgen verpennt und den ganzen Tag
noch nichts gegessen. Dein Kuchen ist aber auch
wirklich sehr lecker."

„Das freut mich. Magst du noch ein Stück?"
Er winkte erst ab, ließ sich dann aber doch noch
zu einem kleinen Stück Käsekuchen überreden.
„Ob er mit seiner Frau dort noch zusammen ist,
wissen wir natürlich nicht, aber nur über ihn können wir sie finden, wenn überhaupt. Aber wie
kriegen wir bloß raus, ob er sich tatsächlich unter
der Brücke aufhält und wann wir ihn dort antref-
fen könnten, frage ich mich. Schließlich war er ja
auch nicht zu sehen, als ich mit Professor Pfeifer
dort war."

„Ich könnte mir gut vorstellen, dass er tagsüber mit dem Hund unterwegs ist und erst gegen
Abend zur Brücke kommt, um dort zu übernach-
ten."

„Möglicherweise, aber wie bekommen wir das
heraus? Wir können uns ja nicht den ganzen Tag
auf die Lauer legen oder jemand zur Überwa-
chung dort abstellen. Spätestens nach der Begegnung mit seinem Bruder wird Robert Winter ohnehin sehr vorsichtig sein."

Sven nickte. „Ich fürchte, du hast recht, Nora. Ich rede mal mit den Kollegen von der Technik. Vielleicht können die ja irgendwo in Brückennähe eine Überwachungskamera installieren."

„Ob das so einfach geht, Sven, ich meine mitten in der freien Natur, ohne einen elektrischen Anschluss und möglichst unsichtbar?"

Er zuckte mit den Schultern. „Frag mich bitte etwas Leichteres, aber du kennst ja den Werbeslogan *Nichts ist unmöglich!* Ich kläre es mit unseren Fachleuten ab und halte dich auf dem Laufenden. Du kannst dich einstweilen ja mit deinen anderen Ermittlungsfällen beschäftigen, oder soll ich dir noch einen zukommen lassen?"

Ich schüttelte den Kopf. „Lass mal, Sven, du hast mich ohnehin schon mehr als genug bedient. Außerdem springe ich nicht gerne zwischen zu vielen Fällen hin und her.

„Na dann. Ich muss gleich wieder ins LKA zurück. In einer Stunde stehe ich dort wieder für ein Meeting auf der Matte. Ich rufe dich natürlich gleich an, falls es etwas Neues zu berichten gibt."

Schlachtplan

Hugo hatte sich innerhalb von ein paar Wochen
zu einem prächtigen Jungvogel entwickelt, der
völlig zutraulich war und mir auf Schritt und Tritt
folgte. Wenn ich im Haus unterwegs war, saß er
mir meistens auf der Schulter und knabberte an
meinen Ohrringen, die ihn zu faszinieren schienen. Beim Essen bestand er darauf, mitten auf
dem Tisch zu sitzen und gab nicht eher Ruhe, bis
ich ihm einen Teller mit Vogelfutter hinstellte.
Zudem wartete er nur darauf, bis ich mal vom
Tisch aufstand oder anderweitig abgelenkt war,
um mir von meinem Teller Salat, Gemüse oder
auch ein Stück Kartoffel zu stibitzen. Er liebte es
auch, wenn ich ihn dann laut schimpfend vom
Tisch zu jagen und ihn zu fangen versuchte. Für
ihn offenbar ein wunderbares Spiel, um seine
zweibeinige Mama zu ärgern. Aber auch die Katzen, die ihn als vollwertiges Familienmitglied
akzeptierten, ärgerte er mit Vorliebe, in dem er
ihnen nachlief und sie in den Schwanz pickte.
Ihren Pfotenhieben wich er immer sehr geschickt
aus. Nachdem ich einmal nicht richtig aufgepasst
hatte und er mir durchs Küchenfenster ins Freie
entwischt war, glaubte ich schon, ihn nie mehr
wieder zu sehen. Aber nach ein paar Stunden
pickte er lauthals krähend gegen die Fenster-
scheibe und begehrte wieder Einlass. Seitdem

durfte er sich im Haus und auch draußen frei bewegen, sodass er tagsüber zwar oft über längere Zeit verschwunden war, sich aber gegen Abend immer wieder zum Essen, Spielen und Schmusen bei mir einfand. Andrea, Holger und vor allem mich zählte er offensichtlich zu seinen Familiemitgliedern. Auch mit Agathe hatte er sich richtig angefreundet. Die beiden liebten es, auf der Suche nach etwas Fressbarem friedlich nebeneinander her durch den großen Garten zu watscheln.

Ich hatte die ganze Woche über noch nichts Neues von meinem Chef in Sachen Winter gehört und beschloss daher, ihn gleich am Montagmorgen anzurufen. Doch er kam mir zuvor, als ich nach einem kräftigen Gewitter am späten Nachmittag mit Andrea und Holger auf der Terrasse saß, wie so oft umringt von den drei Stubentigern und Agathe. Hugo saß mitten auf dem Gartentisch, pickte seelenruhig die Salatreste von unseren Tellern und ließ sich auch von Andreas Versuchen, ihn durch lautes Schimpfen davon abzuhalten, nicht beeindrucken. Die wärmenden Strahlen der allmählich untergehenden Sonne spiegelten sich in Agathes Gänseteich und ließen ihn in einem goldgelben Licht erstrahlen. Das Läuten des Telefons riss mich aus meinen Gedanken, die sich wie so oft um den noch immer nicht ganz verkrafteten Unfalltod von Björn drehten.

124

„Hallo Nora", meldete sich Sven, „entschuldige bitte, dass ich dich noch so spät anrufe, aber ich bin den ganzen Tag noch nicht dazu gekommen."

„Kein Problem, Sven, ich bin froh, dass du mich anrufst, anderenfalls hätte ich mich am Montag bei dir gemeldet. Gibt es etwas Neues im Fall Robert und Samantha Winter?"

„Wie man´s nimmt. Von Winters Frau leider noch immer keine Spur, aber wir können zumindest davon ausgehen, dass Robert Winter mit seinem Hund jeden Abend regelmäßig sein Nachtquartier unter der Geisterbrücke herrichtet. Mir wurden heute Morgen Kameraaufnahmen von unserer Technik zugespielt, auf denen er eindeutig zu erkennen ist. Er bewegt sich offenbar nur auf der gegenüber von St. Arnual gelegenen Saarseite, also dort, wo auch die Fotos von seinen Zeichnungen gemacht wurden. Ich fürchte, wir werden um eine Spätschicht nicht herumkommen, um ihn zu befragen. Ich hoffe nur, dass er uns auch etwas über den Verbleib seiner Frau und die Beweggründe für ihr Verschwinden sagen kann. Viel mehr können wir leider nicht tun, denn eine rechtliche Handhabe, ihn in Gewahrsam zu nehmen, haben wir in diesem Fall ja leider nicht. Erwachsene im Vollbesitz ihrer geistigen und körperlichen Kräfte haben bekanntlich das Recht, ihren Aufenthaltsort frei zu wählen, wobei sie dies weder Angehörigen noch Freunden mitzuteilen brauchen, es sei denn, dass ihnen eine Gefahr für Leib oder Leben droht. Das gilt für ihn und natürlich auch für seine Frau."

„Sofern der nichts passiert ist", ergänzte ich, „aber dafür gibt es bisher auch keine Anhaltspunkte."

„Eben, Nora."

„Und was schlägst du nun vor?"

„Na ja, wir sollten ihn uns möglichst bald mal vorknöpfen, bevor er vielleicht auf die Idee kommt, ganz aus Saarbrücken zu verschwinden. Am Montag habe ich leider keine Zeit, aber was hältst du von Dienstag oder Mittwoch. Er erscheint meistens erst bei Einbruch der Dämmerung an der Brücke, jedenfalls an den Tagen, seitdem der Bereich der Brücke überwacht wird. Ich würde daher gerne schon etwas früher dort sein, sagen wir spätestens um achtzehn Uhr dreißig. Wir schlagen uns dann irgendwo in die Büsche, um sicher zu gehen, dass er uns nicht bemerkt und versuchen wird, uns aus dem Weg zu gehen. Na, was hältst du von dem Plan?"

„Ich soll mich mit dir in die Büsche schlagen? Eigentlich sollte die Zeit für Cowboy- und Indianerspiele sogar bei dir längst vorbei sein."

„Das schon, aber es gibt ja auch noch andere Spiele, mit denen man sich in Büschen amüsieren könnte", erwiderte er, gefolgt von einem schallenden Lachen. „Im Ernst, Nora, ich denke es mir so, dass du dich unter der Brücke aufhältst und auf ihn wartest, während ich ein kleines Stück weiter in Richtung Ostspange in Deckung gehe, sodass es ihm nicht möglich sein wird, einfach wieder umzukehren, wenn er dich bemerkt."

„Meinetwegen. Wir können das auch gleich am nächsten Dienstag angehen."

„Prima. Soll ich dich abholen kommen?"

„Nicht nötig, Sven. Ich komme am Dienstagnachmittag ins LKA und lasse mein Auto dort stehen. Dann können wir in Ruhe noch einmal alles besprechen und später zusammen zur Brücke fahren. Wir parken am besten in der Straße Am Gutenbrunnen und brauchen dann nur noch über die Geisterbrücke zu gehen."

„Machen wir, Nora. Dann bis nächsten Dienstag. Noch einen schönen Abend und ein erholsames Wochenende."

„Danke ebenfalls, Sven", erwiderte ich und legte auf.

Treffpunkt Geisterbrücke

Der Vibrationsalarm an meinem Smartphone riss mich spontan aus meinen Gedanken, die sich wie so oft um die gemeinsame Zeit mit Björn drehten, wenn ich alleine war. Sven war am Apparat.

„Pass auf Nora, Winter und sein Hund kommen gerade aus Richtung Stadt auf die Brücke zu", flüsterte er kaum hörbar. „Er dürfte in etwa fünf Minuten bei dir sein. Ich komme ihm erst nach, wenn er die Brücke erreicht und dich wahrgenommen hat. Ich muss jetzt aber Schluss machen, damit er mich nicht bemerkt."

„Gut, Sven. Ich werde ihn so lange in ein unverbindliches Gespräch verwickeln", erwiderte ich.

Ein paar Minuten später sah ich die beiden langsam näher kommen. Der Hund hatte mich gleich unter der Brücke bemerkt und fing sofort an zu knurren.

„Können Sie den Hund bitte an die Leine nehmen", rief ich Robert Winter entgegen.

„Keine Angst, Moses ist ein alter Knabe und fast blind. Er tut niemand etwas zu Leide", erwiderte er, „aber was um Himmels Willen macht eine Frau wie Sie um diese Zeit unter der Brücke hier?"

„Ich warte auf einen Bekannten, mit dem ich von der Stadt aus hierher spaziert bin. Er musste sich mal kurz in die Büsche schlagen, wenn Sie verstehen, was ich meine."

„Also doch. Moses hat nämlich ein paar Hundert Meter hinter uns schon mal geknurrt, ohne dass ich eine Erklärung dafür hatte. Er sieht zwar kaum noch etwas, aber sein Gehör funktioniert dafür umso besser."

„Moses, wie kommt man denn auf so einen ungewöhnlichen Namen für einen Hund?"

Er lachte. „Kennen Sie nicht die biblische Geschichte von Moses, den die Tochter des Pharaos angeblich als Säugling in einem Weidenkörbchen auf dem Nil treibend gefunden und gerettet hat. Na ja, ein Weidenkörbchen war es bei Moses zwar nicht, aber der arme Kerl wurde von irgendjemand im Dunkeln in einer Tragetasche in die Saar geworfen und wäre jämmerlich ertrunken, wenn ich nicht zufällig in der Nähe gewesen wäre und ihn noch rechtzeitig aus dem Wasser gezogen hätte. Daher habe ich ihm den Namen Moses verpasst. Seitdem begleitet er mich auf Schritt und Tritt und ist zu meinem besten Freund geworden."

„Verstehe. Kann man ihn streicheln?"

„Natürlich. Strecken Sie ihm aber zuerst Ihre Hand entgegen, damit er daran schnuppern kann."

„Na dann komm mal zu mir, Moses", sagte ich, worauf er mir auch gleich entgegenkam, an meiner Hand schnüffelte und sich kurz streicheln ließ, bevor er sich umdrehte und erneut zu knurren anfing. Er hatte Sven bemerkt, der sich uns langsam näherte.

„Das ist mein Bekannter, den ich eben erwähnt hatte", erklärte ich.

Winter nickte. „Wo wollen Sie denn eigentlich hin? Es ist ja schon bald dunkel, aber nach St. Arnual geht es auch gleich hier über die Brücke."

„Nein, Herr Winter, mein Name ist Sven Beckmann und das ist meine Kollegin Nora Horst. Wir beide kommen vom Landeskriminalamt und möchten mit Ihnen reden", erwiderte Sven und zückte seinen Dienstausweis.

Robert Winter reagierte merklich verunsichert darauf. „Mit mir reden? Warum das denn? Ich habe wirklich nichts angestellt. Woher kennen Sie eigentlich meinen Namen?"

„Von Ihrem Bruder Gerhard, der Sie und Ihre Frau schon vor einigen Jahren als vermisst gemeldet hatte und Ihnen vor ein paar Wochen zufällig in der Stadt begegnet ist."

Er nickte. „Das hätte ich mir eigentlich gleich denken können, dass er sich deswegen mit der Polizei in Verbindung setzen wird. Es wäre wohl besser für mich gewesen, gleich danach die Gegend hier zu verlassen."

„Aber warum sind Sie denn damals eigentlich verschwunden und warum gehen Sie Ihrem Bruder auch heute noch aus dem Weg?", fragte ich.

„Und warum wollen Sie das wissen? Wir leben in einem freien Land und ich bin niemand Rechenschaft über meinen Verbleib schuldig."

„Natürlich nicht, aber der Vermisstenfall konnte damals leider nicht aufgeklärt werden und musste nach dem Hinweis Ihres Bruders von uns wieder neu aufgenommen werden."

„Nun, dann wäre er ja jetzt geklärt. Ich lebe noch, halte mich als freier Mann im Raum Saarbrücken auf und schlafe hier unter der Brücke. Sagen Sie das bitte meinem Bruder und richten Sie ihm auch aus, dass er mir meine Ruhe lassen soll. Und jetzt wäre ich Ihnen sehr dankbar, wenn Sie Moses und mich hier alleine lassen würden."

Sven schüttelte den Kopf. „So einfach ist das leider nicht, Herr Winter, denn wir suchen auch Ihre Frau, und die ist bisher spurlos verschwunden. Können Sie uns bitte sagen, wo sie sich zurzeit aufhält?"

Er zuckte die Achseln. „Keine Ahnung, ich habe sie seit meinem Weggang damals nicht mehr gesehen."

„Moment mal, Herr Winter, wollen Sie damit etwa sagen, dass Sie nicht mit Ihrer Frau unterwegs sind oder waren?"

„Genau."

„Aber Sie sind doch damals beide zur gleichen Zeit verschwunden. Haben Sie sich vielleicht danach irgendwann getrennt, und wenn ja, wo?"

Wieder ein Kopfschütteln. „Ich war die ganzen Jahre allein unterwegs. Das können Sie mir glauben."

Sven starrte erst Robert Winter und dann mich fassungslos an.

„Wollen Sie uns allen Ernstes weismachen, dass Sie die ganze Zeit ohne Ihre Frau auf Achse waren?", schaltete ich mich in die Befragung ein.

„So ist es."

„Aber warum haben Sie denn Ottweiler vor Jahren Hals über Kopf verlassen und wieso ist Ihre Frau zur gleichen Zeit spurlos verschwunden?"

„Das ist eine lange Geschichte", erwiderte er. „Ich habe damals bei meinem Bruder in der Baufirma gearbeitet, für einen Hungerlohn, um ehrlich zu sein. Wir beide haben beruflich völlig unterschiedliche Auffassungen. Das wäre auf Dauer ohnehin nicht gut gegangen und deshalb habe ich eines Tages den ganzen Krempel einfach hingeschmissen und bin meine eigenen Wege gegangen."

„Das wäre ja noch nachvollziehbar, wenn Sie sich irgendwo eine andere Arbeit gesucht hätten. Aber Sie haben ja nicht nur Ihren Bruder, sondern auch Ihre Frau plötzlich verlassen, wenn es tatsächlich stimmen sollte, was Sie uns eben gerade erzählt haben. Aber dann müsste auch Ihre Frau Ottweiler zur gleichen Zeit verlassen haben, völlig unabhängig von Ihnen. Bei allem Verständnis, Herr Winter, das klingt mehr als unglaubwürdig. Wir müssen unsere Ermittlungen daher so lange fortsetzen, bis auch das Verschwinden und der Verbleib Ihrer Frau aufgeklärt sind."

Er nickte. „Also gut, das sehe ich ja ein. Sie müssen wissen, dass es damals nicht nur Probleme mit meinem Bruder, sondern auch welche mit meiner Frau gab. Wir beide haben uns einfach nicht mehr richtig verstanden, und so kam halt eins zum anderen. Mehr kann ich Ihnen dazu aber nicht sagen."

„Oh, doch, Herr Winter, Sie könnten schon, aber Sie wollen es nicht", erwiderte Sven mit Nachdruck und machte hastig einen Schritt auf ihn zu, worauf der Hund sofort wieder zu knurren anfing.

„Ruhig, Moses, mach Platz", befahl ihm sein Herrchen, worauf sich der Hund demonstrativ vor ihn legte.

„Frau Horst und ich kennen Ihre Lebensgeschichte ziemlich genau, Herr Winter. Ihr Bruder hat uns alles über Sie und Ihre Frau erzählt. Wir wissen also, dass Sie Ihre Karriere als Bauingenieur in einem renommierten Unternehmen wegen psychischer Probleme verloren haben, weil Sie Ihre Frau offenbar mit anderen Männern betrogen hat und Sie damit nicht fertiggeworden sind. Das stimmt doch, oder?"

Winter wurde von einer Sekunde auf die andere leichenblass, strich sich mit fahrigen Bewegungen die langen Haare aus dem Gesicht und starrte für ein paar Sekunden wortlos auf die Saar. „Ja, das stimmt", erwiderte er kaum hörbar. „Sie hat mich systematisch betrogen, und zwar von Anfang an, was ich viele Jahre überhaupt nicht ahnen konnte. Wir beide haben uns schon auf dem Gymnasium kennengelernt. Sie hatte damals ihr Abitur als Jahrgangsbeste mit einer glatten Eins gemacht, sogar noch etwas besser als ich. Wir beide hatten in der Oberstufe hin und wieder zusammen gelernt, wobei ich eigentlich derjenige war, der ihr in Fächern wie Mathematik, Physik Chemie und Informatik den Stoff haarklein vermitteln musste, weil sie im Unterricht offensichtlich kaum etwas davon verstanden hatte. So sind wir uns damals näher gekommen und …", er schwieg für ein paar Sekunden und fuhr dann fort, „na ja, irgendwann sind wir halt auch zusammen im Bett gelandet. Sie war meine erste Freundin. Wir hatten noch einen Mitschüler in der Klasse, der ein richtiges Ass in Deutsch und Fremdsprachen war. Mit dem hat sie damals auch noch zusammen geübt, aber nicht nur für die Schule, wie ich erst Jahre später von ihm selbst erfahren hatte. Damals waren wir bereits verheiratet und ich hatte das als Jugendsünde abzuhaken versucht. Nach dem Abi habe ich Bauingenieurwesen studiert und sie BWL. Auch ihr Studium hat sie damals mit Glanz und Gloria abgeschlossen und arbeitete anschließend in einem Softwareunternehmen, wo sie überraschend schnell einen beruflichen Aufstieg machte. Ich muss sagen, ich war lange Jahre richtig stolz auf meine Frau und hätte im Traum nicht daran gedacht, dass ihre erstaunlichen Erfolge einzig und allein darauf basierten, dass sie sich all denen, die ihr den Weg nach oben ebnen konnten, wie eine billige Hure andiente. Nachdem ihre Affäre mit einem Herrn aus der Geschäftsleitung aufgeflogen war, kündigte sie freiwillig, um einer fristlosen Entlassung zuvor zu kommen. Ich war zunächst fassungslos und habe sie dann, naiv wie ich damals noch immer war, gefragt, ob sie mir sonst noch etwas zu beichten hätte. Das hätte ich besser nicht tun sollen, denn in der fatalen Stimmung, in der sie damals war, gestand sie mir schonungslos alles. Mit mir angefangen hatte sie sich alle ihre schulischen und beruflichen Erfolge regelrecht erschlafen, sogar ihre Führerscheine fürs Auto und das Motorrad, das sie leidenschaftlich gerne fuhr. Sie ließ mich auch wissen, dass sie niemals ein Kind zur Welt setzen würde und dass sie all die Jahre, in der ich auf eine Schwangerschaft von ihr gehofft hatte, klammheimlich weiter verhütet hatte. Sie sei auch nur deshalb bei mir geblieben, weil ich beruflich so erfolgreich sei und sehr gut verdienen würde, denn von meiner naiven Liebe zu ihr habe sie schon lange die Schnauze voll."

Sven und ich hatten ihm die ganze Zeit fassungslos zugehört. „Das ist ja alles noch weitaus dramatischer, als wir es von Ihrem Bruder gehört haben", kam mir spontan über die Lippen. „Kein Wunder, dass sie all das völlig aus der Bahn geworfen hat."

Robert Winter nickte. „Sie sagen es. Vielleicht verstehen Sie jetzt etwas besser, warum mich letztlich nichts mehr in Ottweiler gehalten hat."

„Einerseits schon, Herr Winter, aber Sie hätten sich doch offiziell von ihrer Frau trennen und wenigstens bei Ihrem Bruder so lange weiterarbeiten können, bis Sie wieder eine adäquate Anstellung bei einem anderen Bauunternehmen gefunden hätten", schaltete sich Sven ein.

Er winkte ab. „Ich hatte Samantha mehrfach um die Scheidung gebeten, weil ich ihre Demütigungen einfach nicht mehr länger ertragen konnte. Ich war nach ihrem Geständnis nur noch ein psychisches Wrack, das auch seinen beruflichen Anforderungen nicht mehr gewachsen war. Dann kam der Alkohol dazu und die Abwärtsspirale nahm unaufhaltsam ihren Lauf. Sie hätte aber nur in eine Scheidung eingewilligt, wenn ich ausgezogen wäre und auf meinen Anteil an unserem Haus verzichtet, aber dennoch die ganze Schuldenlast alleine getragen hätte. Das wäre mir trotz meines damals guten Gehaltes unmöglich gewesen, da ich mir dann keine eigene Wohnung mehr hätte leisten können. Und was das Berufliche anbetrifft, glauben Sie allen Ernstes, dass mir ein renommiertes Bauunternehmen bei meiner Vorgeschichte noch eine Chance gegeben hätte? Oh nein", gab er sich selbst die Antwort darauf.

„Das kann ich zwar nachvollziehen, aber umso wichtiger wäre es dann doch für Sie gewesen, weiterhin im Unternehmen Ihres Bruders zu bleiben, auch wenn dort nicht alles so ist, wie es Ihren Vorstellungen entspricht", gab ich zu bedenken.

Wieder fiel sein Blick für ein paar Sekunden aufs Wasser, bis er Sven und mich anblickte. „Ja, Sie haben recht, und ich würde tatsächlich heute noch dort arbeiten, wenn nicht etwas vorgefallen wäre, … etwas, was mir nicht nur eine weitere Zusammenarbeit, sondern darüber hinaus auch jeden weiteren Kontakt mit ihm unmöglich gemacht hat."

„Sie sprechen jetzt aber in Rätseln, Herr Winter", erwiderte Sven. „Was genau ist denn damals passiert?"

Er schüttelte den Kopf. „Nein, darauf können Sie keine Antwort von mir erwarten."

Einer spontanen Intuition folgend schaltete ich mich wieder ins Gespräch ein. „Sie dürfen sich dann aber auch nicht wundern, dass Sie damit Spekulationen unsererseits Tür und Tor öffnen, Herr Winter. Aus Ihren merkwürdigen Äußerungen könnte man beispielsweise ableiten, dass auch Ihr eigener Bruder eine Beziehung mit Ihrer Frau hatte. Was sagen sie dazu?" Ein Schuss ins Blaue, der sich allerdings als Volltreffer erweisen sollte.

Robert Winter starrte ein paar Sekunden wie versteinert zu Boden, dann ein stummes Nicken. „Ja, Frau Horst. Es ist mir noch immer unbegreiflich, aber Sie haben es richtig erkannt. Ich war am Tag meines Verschwindens noch mit dem Pritschenwagen auf der Bauschuttdeponie. Als ich den Wagen zurückbringen wollte, sagte mir unsere Sekretärin, dass meine Frau aus dem Wochenendhaus angerufen hätte, weil der Abfluss in der Dusche verstopft sei. Mein Bruder sei daraufhin zum Steinbacher Berg gefahren, um nach dem Rechten zu sehen. Ich bin dann auch Richtung Wochenendhaus gefahren, habe aber den Wagen ein Stück vorher irgendwo halb versteckt geparkt, weil mich unterwegs plötzlich eine dunkle Ahnung beschlichen hat. Den Weg zum Haus habe ich dann zu Fuß zurückgelegt. Die Autos von Samantha und Gerhard standen vor der Tür, die nicht abgeschlossen war. Ich habe mich dann ins Haus geschlichen und die beiden schließlich durch einen Spalt in der Schlafzimmertür gemeinsam im Bett entdeckt. Ich war wie vor den Kopf geschlagen und bin sofort wieder raus, ohne dass Samantha und Gerhard mich bemerkt hatten."

„Und dann, Herr Winter?"

„Und dann? Ja, dann kam es wohl zu einem Blackout bei mir. Ich bin jedenfalls zum Auto zurück und nach Hause gefahren, habe schnell ein paar Sachen gepackt und bin wieder mit dem Pritschenwagen los."

„Und wohin?", fragte Sven.

Er zuckte die Schultern. „Einfach planlos durch die Gegend. Fragen Sie mich bitte nicht, wo ich überall war. Ich habe wirklich keine Erinnerung daran."

„Und wo haben Sie übernachtet?"

„Irgendwo im Auto am Straßenrand. Ich konnte ohnehin kaum ein Auge zumachen. Dann habe ich den Wagen irgendwo abgestellt und bin mit dem Zug gefahren. Ich wusste eigentlich gar nicht, wohin der fuhr, bin dann aber in Saarbrücken gelandet. Am Eurobahnhof habe ich dann einen Trucker angesprochen, der mich mit dem Lkw Richtung Norddeutschland mitgenommen hat. Irgendwo vor Hamburg hat er mich rausgelassen. Und dann stand ich da, mit einem Rucksack am Straßenrand, und wusste nicht, wohin. Irgendwann kam ein Tippelbruder vorbei, dem ich mich angeschlossen habe. Und durch ihn habe ich dann gelernt, als Landstreicher zu überleben. Wir waren lange Zeit zusammen an der Nordseeküste unterwegs, bis mich irgendwann das Heimweh wieder in Richtung Saarland verschlagen hat, aber nach Ottweiler wollte ich auf keinen Fall, und so bin ich schließlich hier an der Saar gelandet."

„Und Ihre Frau, Herr Winter?", fragte ich.

Er zuckte die Schultern. „Ich habe sie seit meinem Verschwinden damals nicht mehr gesehen. Ich wäre Ihnen wirklich sehr dankbar, wenn wir das Gespräch jetzt beenden könnten, denn es hat mich offen gestanden sehr aufgewühlt." Sein aschfahles Gesicht und die zittrigen Hände ließen daran auch keinen Zweifel.

„Also gut, Herr Winter, wir werden uns nach diesen Schilderungen natürlich noch einmal mit Ihrem Bruder unterhalten. Vielleicht bringt uns ja das in der Suche nach Ihrer Frau weiter. Wir haben zwar keine rechtliche Handhabe, um Sie in Gewahrsam zu nehmen, ich möchte Sie aber trotzdem bitten, uns noch für ein weiteres und hoffentlich letztes Gespräch in dieser Angelegenheit zur Verfügung zu stehen, das wir nach der Besprechung mit Ihrem Bruder gerne noch führen möchten. Heute haben wir Dienstag, sagen wir am Freitag um die gleiche Zeit hier an der Brücke? Danach werden wir den Fall so oder so abschließen. Selbst wenn der Verbleib Ihrer Frau nicht aufgeklärt werden kann, könnten wir mit Ihrem Auffinden zumindest einen Teilerfolg für uns verbuchen", versuchte ihn Sven offensichtlich in Sicherheit zu wiegen.

Winter nickte. „Einverstanden, ich werde am Freitag hier unter der Brücke sein."

„Das freut mich sehr. Vielen Dank für Ihr Verständnis und schlafen Sie gut", erwiderte mein Chef, bevor wir uns von ihm verabschiedeten.

Ich streichelte Moses beim Weggehen ein paar Mal zärtlich über den Kopf, worauf er sich spontan an mir hochstellte und mir mit seiner Zunge durchs Gesicht schlabberte.

„Moses mag Sie offenbar sehr, Frau Horst. Das ist ein gutes Zeichen", kommentierte unser Gesprächspartner das Verhalten seines Vierbeiners vielsagend. Ein merkwürdiges Gefühl beschlich mich dabei, für das ich aber keine Erklärung fand.

Neue Erkenntnisse

„Was hältst du von all dem, was wir gerade erfahren haben?", fragte Sven, als wir über die Brücke zum Auto zurückgingen.

Ich zuckte mit den Schultern. „Ich bin mir offen gestanden darüber noch nicht ganz im Klaren. Einerseits macht Robert Winter zwar einen offenen und ehrlichen Eindruck auf mich, zumindest bezogen auf das, was er uns über seine Frau und seine durchaus verständlichen Probleme erzählt hat. Auch sein abweisendes Verhalten gegenüber seinem Bruder vermag ich zumindest jetzt besser nachzuvollziehen. Gerhard Winter hat seinem Bruder Robert zwar sehr geholfen, als der hilflos am Boden lag. Den jüngeren Bruder bei sich zu beschäftigen, obwohl er ihn eigentlich gar nicht brauchte und ihm auch noch eine Bleibe zu verschaffen, das verdient auch Anerkennung. Aber …", ich überlegte kurz, wie ich es ausdrücken sollte und fuhr dann fort, „aber dann mit dessen Frau und damit mit der eigenen Schwägerin in die Kiste zu steigen, muss für den jüngeren Bruder ungeheuer verletzend gewesen sein. Insofern wirklich kein Wunder, dass der damals fluchtartig verschwunden ist."

Er nickte. „Ich teile deine Einschätzung weitgehend, Nora, aber ich fürchte, wir werden das

Geheimnis um den Verbleib von Samantha Winter kaum noch lüften kennen. Wir warten natürlich die noch ausstehenden Gespräche ab. Falls sich dann aber immer noch keine konkreten Anhaltspunkte für weitere Ermittlungen ergeben sollten, müssen wir den Fall abschließen, so leid es mir tut. Ich weiß ja, dass deine Spürnase nicht eher Ruhe geben will, bis der Fall restlos aufgeklärt ist, aber ich stehe zunehmend unter Druck vom Alten. Er will, dass wir ausnahmslos alle ungeklärten Fälle im Land noch einmal neu aufrollen und systematisch überprüfen. Und davon gibt es selbst in diesem kleinen Bundesland weitaus mehr, als ich gedacht hatte. Aber zusätzliches Personal, worum ich ihn gebeten hatte, könne er uns angesichts der personellen Engpässe nicht zur Verfügung stellen, hat er gesagt. Da Cold Case-Fälle nicht nur sehr medienwirksam, sondern auch karrierefördernd sind, möchte er sich wohl mit möglichst vielen Erfolgen Ruhm und Ehre als Mister Cold Case verschaffen."

Sven versuchte erst gar nicht, sein Unverständnis und seinen Ärger gegenüber seinem Vorgesetzten zu unterdrücken, was ich mit einem Schmunzeln quittierte.

„Ich weiß wirklich nicht, was es da zu grinsen gibt, Nora", bekam ich postwendend von ihm zu hören.

„Na ja, Sven, von Ruhm und Glanz würdest du dann ja wohl auch ein kleines Stück abbekommen. Und wenn du noch Karriere als Oberhäuptling machen möchtest, dann müsstest du als amtierender Häuptling deine Indianer natürlich auch zu entsprechend tatkräftigen Einsätzen anspornen."

„Danke für den Tipp, Nora. Und womit?"

„Ich würde ihnen zum Beispiel sagen: *Der Tag hat vierundzwanzig Stunden. Wenn das nicht reichen sollte, dann nehmen Sie halt noch die Nacht dazu!*"

„Ausgesprochen witzig, bei dir könnte das ja vielleicht auch noch fruchten, aber deine beiden Kollegen sind bereits jetzt schon gleichermaßen tag- und nachtaktiv, wenn du verstehst, was ich meine."

„Nur zu gut, mein Lieber", erwiderte ich, nur mühsam ein Lachen unterdrückend.

Inzwischen hatten wir das LKA erreicht. „Ich rufe Gerhard Winter gleich morgen früh an und bitte ihn kurzfristig um ein Gespräch, das wir beide auf jeden Fall zusammen führen werden. Ich gebe dir den Termin telefonisch durch, Nora."

Zwei Tage später konfrontierten wir Gerhard Winter mit der Aussage seines Bruders, den das völlig aus der Fassung zu bringen schien.

„Um Himmels Willen, hat er das tatsächlich mitbekommen?", stöhnte er.

„Leider ja, Herr Winter", erwiderte ich. „Hatten Sie denn eine längere Beziehung zu Ihrer Schwägerin?"

„Wo denken Sie hin? Nein, es war ein einmaliger Ausrutscher. Das müssen Sie mir glauben. Sie hatte mich an diesem unsäglichen Tag aus unserem Wochenendhaus angerufen und gefragt, ob ich mal kurz vorbeikommen könne, weil der Abfluss verstopft wäre. Es war schon nach Feierabend und meine Frau war am Packen, weil wir am nächsten Morgen übers Wochenende in den Schwarzwald fahren wollten. Eigentlich stand mir nicht der Sinn danach, mich jetzt noch um einen verstopften Abfluss zu kümmern, aber ich wollte sie auch nicht über die Tage mit diesem Problem allein lassen. Also bin ich zu ihr gefahren. Sie hat mir die Tür geöffnet. Um den nackten Körper hatte sie nur ein Badetuch geschlungen. Ich bin dann gleich in die Dusche und habe mich um den Abfluss gekümmert, aber mehr als ein paar Haare aus dem Abflusssieb brauchte ich nicht zu entfernen, bis das Wasser wieder ablief. *Prima, Gerhard, hat sie zu mir gesagt, dann kann ich ja jetzt fertig duschen*, und das Badetuch einfach fallen lassen. Und wie sie so nackt vor mir stand ...", er rang förmlich nach Worten und fuhr dann fort, „da habe ich wohl den Verstand verloren. Ich bin mit meiner Frau schon sehr lange und durchaus auch glücklich verheiratet", fügte er entschuldigend hinzu, „aber in so einer langen Ehe und bei meinen beruflichen Belastungen, da kommt das Eheleben leider viel zu kurz, wenn Sie verstehen, was ich meine. Erst nachdem", wieder stockte er kurz, „erst nachdem alles vorbei war, wusste ich, dass Samantha es nur darauf abgesehen hatte, mich in diese Situation zu bringen, denn sie fragte mich hinterher, ob ich ihr nicht kurzfristig ein paar Tausend Euro für ein neues Motorrad leihen könne. Sie würde das Geld auch so schnell es geht wieder zurückzahlen, so oder so. So oder so, das hat sie wörtlich gesagt. Ich habe ihr gesagt, dass wir darüber noch mal sprechen könnten, wenn ich wieder aus dem Schwarzwald zurück wäre. Ich wusste aber ganz genau, dass ich darum wohl nicht herumkommen würde. Sie hatte mich mit meinem Fehltritt ja förmlich in der Hand und hätte sich garantiert nicht gescheut, es meiner Frau und möglicherweise auch meinem Bruder zu erzählen, falls ich mich weigern würde. Sie können sich vorstellen, mit welchen seelischen Belastungen das für mich verbunden war. Die drei Tage im Schwarzwald waren jedenfalls eine einzige Qual für mich. Ständig habe ich überlegt, ob ich es meiner Frau gestehen sollte, aber ich habe es einfach nicht übers Herz gebracht, auch der Kinder wegen. Vor unserer Rückkehr hatte ich offen gestanden eine Heidenangst. Umso froher war ich zugegebenermaßen auch, dass Robert und Samantha zu Hause nicht aufzufinden waren. Auch von daher habe ich mich vor einer Vermisstenanzeige lange gedrückt. Ich kann Sie nur eindringlich bitten, meiner Frau gegenüber nichts von meinem Ausrutscher zu erwähnen, falls Sie mit ihr sprechen sollten."

„Einverstanden", erwiderte Sven, „aber nur unter einer Bedingung, Herr Winter."

„Und die wäre?"

„Mit dem, was Sie uns gerade gebeichtet haben, hätten Sie durchaus einen Grund gehabt, Ihre Schwägerin für immer verschwinden zu lassen. Haben Sie uns diesbezüglich vielleicht etwas zu beichten?"

Gerhard Winter wurde von einer Sekunde auf die andere aschfahl im Gesicht. „Wollen Sie damit etwa sagen, dass ich sie … Sie glauben doch nicht im Ernst dass ich meiner Schwägerin etwas antun könnte", stammelte er. „Ich schwöre Ihnen, bei allem was mir heilig ist, dass ich Samantha kein Haar krümmen könnte und wirklich nicht weiß, warum sie so plötzlich verschwunden ist."

„Und was ist mit Ihrem Bruder Robert?"

„Nein, um Himmels Willen. Der könnte erst recht keiner Fliege was zu leide tun, schon gar nicht seiner Frau, obwohl sie ihn permanent verletzt und gedemütigt hat. Ich weiß es, weil er mir noch kurz vor seinem Verschwinden gesagt hat, dass er ihr verzeihen würde, wenn sie endlich einen Schlussstrich unter ihr ausschweifendes Leben ziehen würde."

Sven nickte. „Wir nehmen das jetzt mal so zur Kenntnis, müssen Sie aber bitten, uns sofort zu informieren, falls Ihnen noch etwas Wichtiges einfallen sollte. Wir werden morgen noch einmal mit Ihrem Bruder darüber sprechen."

„Soll das etwa heißen, dass Sie ihn gefunden haben?"

„So ist es, er hält sich an der Saar zwischen Saarbrücken und St. Arnual auf."

„Kann ich bei dem Gespräch dabei sein?"

Ich schüttelte den Kopf. „Nein, Herr Winter. Das ist ein förmliches Ermittlungsgespräch zwischen uns und Ihrem Bruder, und der würde in Ihrem Beisein wohl kaum vernünftig reagieren."

„Können Sie ihm wenigstens ausrichten, dass ich meinen damaligen Fehltritt wirklich sehr bereue und ihn bitte, endlich wieder nach Hause zurückzukehren?"

„Das tun wir selbstverständlich gerne und werden Ihnen auch eine entsprechende Rückmeldung geben. Versprochen, Herr Winter", erwiderte Sven, bevor wir uns von ihm verabschiedeten.

„Glaubst du ihm, dass es tatsächlich nur ein One-Night-Stand mit seiner Schwägerin war?", fragte ich.

„Keine Ahnung, Nora, aber so wie er es dargestellt hat, klang es zumindest plausibel. Außerdem kann ich mir wirklich nicht vorstellen, dass es eine längere Beziehung war. Er wusste ja genau, wie sehr sein jüngerer Bruder unter den Eskapaden seiner Frau litt. Das hätte er ihm bestimmt nicht angetan."

„Willst du damit etwa zum Ausdruck bringen: *Einmal ist keinmal!*"

Sven schüttelte den Kopf, grinste mich an und erwiderte: „Nein, ich würde es eher so ausdrücken: *Der Geist war willig, aber das Fleisch war schwach!*"

Geständnis

Am Freitag fiel es mir schwer, die Zeit bis zum vereinbarten Gespräch mit Robert Winter am Abend zu überbrücken. Ich versuchte daher, mich mit dem längst überfälligen Putzen der Fenster ein bisschen abzulenken, sehr zur Freude von Hugo, der mir dabei nicht von der Seite wich, um mir auf meiner Schulter die Haare zu zerzausen, das Putzmittel von der Fensterbank zu stoßen und mir die Putztücher zu klauen, bis ich ihn laut schimpfend aus dem Fenster jagte. Kurz darauf begehrte Agathe Einlass, um laut schnatternd durch die Wohnung zu watscheln, nachdem sie vorher ihre Füße in der schlammigen Regenpfütze neben dem Gartentor gebadet hatte. Dem Fensterputzen schloss sich demzufolge nahtlos ein Putzen des Bodens an. Nachdem ich auch Agathe wieder ins Freie befördert hatte, meldeten sich zu allem Elend auch noch Rocky, Nicky und Henry zum zweiten Frühstück an. Es war einerseits zwar zum Verzweifeln, aber dennoch wohltuend für mich, auch darin die intensive Zuneigung meiner tierischen Schützlinge zu ihrer Mama zu erkennen, deren Nähe sie bei jeder Gelegenheit suchten.

Am späten Vormittag klingelte das Telefon. Sven war am Apparat. „Du wirst es nicht glau-

ben, Nora, aber wir stehen kurz vor der endgülti-
gen Aufklärung des Falls", sagte er.

„Nanu, ist dir etwa über Nacht eine göttliche
Erleuchtung gekommen?", fragte ich.

„Das nicht, aber mir ist gerade ein Brief von
Robert Winter zugestellt worden."

„Interessant. Und was steht drin?"

„Das würde jetzt zu weit führen. Ich lasse den
Brief gleich von der Sekretärin abfotografieren.
Sie wird ihn dir dann per E-Mail zusenden. Lies
ihn dir sofort durch und komme dann bitte so
schnell es geht raus zur Geisterbrücke. Du findest
mich dort."

„Moment mal, Sven, ich vermag deine Hektik
jetzt nicht nachzuvollziehen. Du musst mir schon
etwas näher erklären, was …"

„Keine Zeit dafür, Nora. Tu einfach das, um
was ich dich gerade gebeten hatte", unterbrach er
mich und legte auf.

So hatte er noch nie mit mir gesprochen und
ich war offen gestanden auch ein bisschen sauer
über sein Verhalten, bis ich etwa eine Viertelstunde später die E-Mail mit dem besagten Brief
in Anhang erhielt. Darin war Folgendes zu lesen:

Sehr geehrter Herr Beckmann,

ich hatte die letzten Tage genügend Zeit, noch einmal über mein völlig verpfuschtes Leben nachzudenken. Es ist mir ein Bedürfnis, Ihnen endlich die volle Wahrheit über das Verschwinden meiner Frau zu vermitteln, weil ich den seelischen Ballast, die ich seit diesem Tag mit mir herumschleppe, nicht mehr länger zu tragen vermag. Alles, was ich Ihnen und Frau Horst erzählt hatte, entspricht zwar der Wahrheit, aber diese Wahrheit ist nicht vollständig. Das Wichtigste fehlt nämlich noch, und das sollen Sie jetzt erfahren.

Ich möchte an der Stelle fortfahren, an der ich meine Frau mit meinem Bruder im Wochenendhaus zusammen im Bett erwischt hatte. Ich bin danach allerdings nicht sofort verschwunden, wie ich ursprünglich erwähnt hatte, sondern habe hinter einem Busch versteckt abgewartet, bis mein Bruder Gerhard das Haus wieder verlassen hatte. Samantha hatte die Tür noch nicht verschlossen und erschrak heftig, als ich plötzlich vor ihr stand. Ich habe sie leider sehr lautstark zur Rede gestellt, weil ich zutiefst verletzt und völlig außer mir vor Wut und Verzweiflung zugleich war, was ihr jedoch völlig gleichgültig zu sein schien. Sie machte sich sogar noch lustig über mich und hat mir vorgeworfen, dass ich nicht nur im Beruf, sondern auch im Bett ein Versager sei. Dann hat sie tatsächlich sogar ihre

Pistole aus der Nachttischschublade genommen und sie auf mich gerichtet mit der Bemerkung, dass ich endlich von hier verschwinden soll. Ich bin spontan auf sie zugegangen, um ihr die Pistole wegzunehmen, doch sie hat sich heftig dagegen gewehrt. Dabei löste sich unglücklicherweise ein Schuss und traf sie in die Brust. Sie brach auf der Stelle regungslos zusammen. Ich bin dann sofort wie von Sinnen zurück zum Pritschenwagen gerannt, um mit meinem Smartphone den Notruf zu alarmieren. Doch dann bin ich zuerst zum Wochenendhaus gefahren, um nachzusehen, ob sie noch lebt. Ich kenne mich zumindest ein bisschen damit aus, weil ich früher mal aus beruflichen Gründen eine Ersthelferausbildung absolvieren musste. Aber sie hat nicht mehr geatmet und es war auch kein Puls mehr bei ihr zu fühlen. Sie war tot und ich fühlte mich schuldig, obwohl es wirklich keine Absicht, sondern ein verhängnisvolles Unglück war. Aber wer hätte mir das schon geglaubt? Schließlich waren Samanthas sexuelle Eskapaden ein offenes Geheimnis, sodass man mir vermutlich sofort ein Mordmotiv unterstellt hätte. Ich habe dann lange überlegt, was ich tun sollte, bis ich schließlich zu dem Entschluss kam, Samanthas Leiche irgendwo verschwinden zu lassen. Mir ist dafür relativ schnell die Geisterbrücke bei St. Arnual in den Sinn gekommen, weil mir die Gegend dort noch vom Studium her gut bekannt war. Ich beschloss, ihre Leiche unter der Brücke in der Saar zu versenken. Die Blechkiste auf dem Pritschenwagen sollte als Sarg dienen, um ein Auftreiben der Leiche im Wasser zu verhindern. Mit einem Pickel schlug ich ein paar Löcher in die Seitenwände, damit die Box sich mit Wasser füllen und schnell versinken sollte. Dann habe ich Samanthas Leiche in die Pritschenbox verfrachtet und bis nachts abgewartet, um nicht entdeckt zu werden. Der wolkenverhangene Himmel kam mir dabei zugute. Ich bin dann mit dem Wagen nach St. Arnual gefahren, habe in der Straße Am Gutenbrunnen die Scheinwerfer ausgeschaltet und bin im Schleichgang durch die Straße mitten auf die Brücke gefahren. Dort habe die Pritschenbox mit einem Stahlseil, das ich ein paar Mal um das Brückengeländer geschwungen hatte, langsam in die Saar abgesenkt. Nachdem sich die Box auf den Flußboden abgesenkt hatte, habe ich das Seil vom Geländer gelöst, sodass es nach unten fiel und ebenfalls schnell im Wasser versank. Danach war mir nur noch nach Flucht zumute. Den Rest der Geschichte kennen Sie ja.

Ich kann und will dieses elende Leben nicht länger ertragen und werde daher den gleichen Weg wie Samantha nehmen, die ich trotz allem noch immer liebe. Sie finden uns beide im Schatten der Geisterbrücke.

Meinen Hund Moses habe ich mit reichlich Futter versorgt und frei gelassen. Falls er sich trotzdem noch im Bereich der Brücke aufhalten sollte, würde ich mir nichts mehr für ihn wünschen, als dass sich Frau Horst seiner annimmt, weil er bei unserem letzten Gespräch spontanes Vertrauen zu ihr entwickelt hat. Ansonsten müsste man ihn notgedrungen ins Tierheim bringen, obwohl er sein ganzes Leben mit mir bisher in Freiheit verbracht hat.

Möge Gott mir meine Untaten verzeihen.

Robert Winter

Nachdem ich fertiggelesen hatte, ließ ich alles stehen und liegen und fuhr sofort nach St. Arnual. Die Einfahrt zur Straße Am Gutenbrunnen war von einem Polizeifahrzeug blockiert. Nachdem ich meinen Dienstausweis gezückt hatte, ließ man mich bis zur Autobahnunterführung vor der Brücke durchfahren. Ein paar Polizeifahrzeuge parkten bereits dort und auf der Saar sah ich ein Schlauchboot mit zwei Tauchern.

„Hallo Nora", begrüßte mich Sven. „Schön, dass du so schnell gekommen bist. Schau dir mal die Fotos an, die die beiden Taucher gerade gemacht haben. Ich hoffe, deine Nerven sind stark genug dafür." Er drückte mir die Unterwasserkamera in die Hand, auf der die Fotos abgespeichert waren.

Die Taucher hatten eine wahrhaft gespenstische Szene abgelichtet. Auf dem Grund war im trüben Wasser nur undeutlich eine Kiste zu erkennen, auf der der leblose Körper eines Mannes mit einem Strick um den Hals lag.

„Oh Gott, er hat seine Ankündigung im Brief tatsächlich wahr gemacht", sagte ich.

Sven nickte. „Ich hatte insgeheim gehofft, ich könne noch rechtzeitig hier sein, um das zu verhindern, aber die Kollegen meinen, dass er vermutlich schon seit gestern Abend dort unten liegt. Genaueres können sie allerdings erst sagen, wenn seine Leiche geborgen ist. Sie wollen ihn jetzt gleich nach oben holen. Für die Bergung der Pritschenbox haben wir bereits einen kleinen Kran geordert. Der müsste bald hier sein."

Ein paar Minuten später wurde die Leiche von den Tauchern geborgen und am Saarufer abgelegt. Es war unverkennbar Robert Winter.

Sven schaute mich fragend an. „Kannst du mir erklären, wieso er einen Strick um den Hals hat?"

Ich nickte und deutete zum Brückengeländer hinauf, an dem etwa in Flußmitte ein Stück Seil herunterbaumelte. „Hier hast du vermutlich die Antwort."

„Meinst du etwa, dass er sich mit dem Strick um den Hals von dort oben gestürzt …?"

„… und sich dabei das Genick gebrochen hat", vollendete ich den Satz für ihn. „Ich denke, dass er bei der Fallhöhe sofort tot war."

„Mmh, aber dann müsste er ja dort oben hängen und nicht dort unten im Wasser liegen. Was sagst du denn dazu?"

„Vielleicht hat er ja das Seil mit einem Messer soweit angeschnitten, dass es zwar seinen Fall ruckartig gebremst hat, aber danach durch das Gewicht seines Körpers letztlich doch gerissen ist."

„Oh Gott, Nora, du hast eine wahrhaft teuflische Fantasie."

„Kein Wunder in diesem Job. Wir sollten aber erstmal die Ergebnisse der Spurensicherung abwarten."

„Richtig. Ich sag den Kollegen, dass sie sich das gleich mal anschauen und uns Bescheid geben sollen."

„Gut, Sven, und ich schaue mich inzwischen mal nach Moses um. Vielleicht hält er sich ja noch in der Nähe auf." Laut Moses rufend bewegte ich mich instinktiv ein Stück weit in Richtung der Saarwiesen, auch weil mir die Suche nach ihm in diesem ausgewiesenen Naturschutzgebiet am sinnvollsten erschien. Tatsächlich entdeckte ich ihn ein paar Minuten später heftig zitternd unter einem Busch versteckt. Er war völlig verstört und ließ sich zum Glück auch ohne Leine von mir bis zur Brücke locken, wo Svens Hosenträger kurzzeitig als provisorische Hundeleine umfunktioniert wurden, bis uns ein Polizist das Geschirr von seinem Polizeihund aus einem Dienstfahrzeug reichte. Moses ließ sich, noch immer heftig zitternd, ausgiebig von mir streicheln und wich überhaupt nicht mehr von meiner Seite.

Mein Verdacht mit dem Sturz von der Brücke bestätigte sich, nachdem die Kollegen das Seilstück an der Brücke mit dem um Robert Winters Hals untersucht und verglichen hatten. Gut eine Stunde später wurde auch die Pritschenbox aus der Saar geborgen. In ihrem Inneren befand sich neben völlig verrosteten Werkzeugen tatsächlich das Skelett eines weiblichen Körpers, der nach späteren Laboruntersuchungen der Rechtsmediziner als der von Samantha Winter identifiziert wurde.

„Glückwunsch, Nora, wir können den Fall jetzt tatsächlich komplett erfolgreich abschließen", sagte Sven und drückte mir einen Kuss auf die Wange.

„Danke, Sven, obwohl ich offen gestanden nicht glaube, dass uns das ohne das schriftliche Geständnis von Robert Winter gelungen wäre."

„Mag sein, manchmal gehört halt auch ein bisschen Glück dazu, Nora."

„Und die Redlichkeit eines Mannes, der die Mitschuld am Tod seiner Frau nicht länger verschweigen wollte."

„Damit hast du natürlich recht, aber was machen wir jetzt mit seinem Hund? Soll ich ihn ins Tierheim bringen lassen?"

Ich schüttelte den Kopf. „Nein, der bleibt bei mir, falls nichts dagegen spricht."

„Du bist wirklich verrückt, Nora", bekam ich von ihm kopfschüttelnd zur Antwort.

„Ja, das weiß ich", erwiderte ich, „aber Robert Winter hat mit seinem Brief nicht nur ein Geständnis abgelegt, sondern auch seine große Sorge um seinen Hund Moses zum Ausdruck gebracht. Ich brächte es einfach nicht fertig, diesen betagten Vierbeiner seinem Schicksal zu überlassen, Sven. Er hat lange Jahre mit seinem Herrchen in Freiheit gelebt und würde in einem Tierheim vermutlich vor Kummer eingehen. In meinem großen Garten kann er sich wenigstens noch ein bisschen frei bewegen, verstehst du?", worauf Sven sichtlich berührt nickte. „Na, dann komm mal mit, wir fahren jetzt nach Hause", sagte ich zu Moses, der mir schwanzwedelnd bis zum Auto nachtrottete.

Weitere Veröffentlichungen

einen vollständigen Überblick über alle meine Bücher mit Leseproben (insgesamt 40), darunter auch einige kostenlose E-Books, finden Sie auf meiner Autorenseite bei Amazon

https://www.amazon.de/Raimund-Eich/e/B004EBE93A?ref=sr_ntt_srch_lnk_1&qid=1670418173&sr=1-1

Verlag Books on Demand GmbH
Band 1, Taschenbuch: ISBN 978- 3756229529
auch als E-Book erhältlich

Oberkommissarin Nora Horst vom Landeskriminalamt Saarbrücken wird nach einem schweren Unfall eine neue Aufgabe in einer kleinen Einheit zur Ermittlung in Cold Case Fällen zugewiesen.

Aufgrund ihrer unfallbedingten Einschränkungen kann sie dieser Tätigkeit von ihrer Heimatstadt Neunkirchen aus nachgehen. In ihrem ersten Fall geht es um fünf Personen, die seit dreißig Jahren in Neunkirchen spurlos verschwunden sind. Ein mysteriöser Fall, der sie nach so langer Zeit vor nahezu unlösbare Aufgaben stellt.

++++++

Verlag Books on Demand GmbH
Band 2, Taschenbuch: ISBN 978- 3734722929
auch als E-Book erhältlich

Oberkommissarin Nora Horst vom Landeskriminalamt Saarbrücken hat in ihrem nächsten Fall eine besonders harte Nuss zu knacken. Eine im Boden einer Gartenlaube im Stadtteil Wiebelskirchen verscharrte Frauenleiche wird beim Ausheben eines Fundaments zufällig entdeckt. Obwohl die skelettierte Leiche schon etwa fünfzehn Jahre dort lag, lässt sie sich anhand von relativ gut erhaltenen Ausweispapieren wenigstens noch identifizieren. Doch warum sie von wem dort vergraben wurde und wieso sie seither von niemand als vermisst gemeldet worden war, das gibt der Ermittlerin aus Neunkirchen schier unlösbare Rätsel auf.

++++++

Verlag Books on Demand GmbH
Taschenbuch: ISBN 978- 3744823241
auch als E-Book erhältlich

Eine spannende Geschichte aus den fünfziger Jahren, zur Zeit der wirtschaftlichen Angliederung des Saarlandes an Frankreich.

Eine Frau in den mittleren Jahren kann nach dem Tod ihres Mannes von der kleinen Witwenrente alleine nicht leben. Seine Lebensversicherung, die er zu ihren Gunsten abgeschlossen hatte, wurde ein paar Jahre vor seinem Tod gekündigt, doch das ausgezahlte Geld ist spurlos verschwunden. Sie nimmt daher eine Arbeit in einem Waisenhaus an und schließt dort ein kleines Mädchen in ihr Herz. Doch haben ihre Bemühungen, das Kind bei sich zu Hause aufnehmen, auch Erfolg?

Auf unerklärliche Weise tauchen nach einiger Zeit Briefe ihres verstorbenen Mannes auf, in denen er ihr ein dunkles Geheimnis verrät. Die Briefe sind echt und wurden erst nach seinem Tod verfasst, aber kann der Geist eines Verstorbenen tatsächlich noch Briefe schreiben? Entsprechen seine Angaben auch der Wahrheit und von wem wurde ihr die Post übermittelt? Viele Fragen, auf die sie verzweifelt eine Antwort zu finden versucht.

++++++